Die magische Feder – Band 2

*Für Alfio, Irmgard, meine Familie und für dich, lieber Andi. Ich habe mein Versprechen gehalten. Im zweiten Band der Reihe »Die magische Feder« hast du auch eine »Rolle« bekommen. Du bist der bayerische Journalist Andreas M. vom Söcheringer Tagblatt.*

Anna Matheis

# Die magische Feder

## Band 2

Die Reise zum ewigen Moor

Bibliografische Information der Deutschen Nationalbibliothek:
Die Deutsche Nationalbibliothek verzeichnet diese Publikation
in der Deutschen Nationalbibliografie; detaillierte bibliografische
Daten sind im Internet über dnb.d-nb.de abrufbar.

TWENTYSIX – der Self-Publishing-Verlag
Eine Kooperation zwischen der Verlagsgruppe Random House und
BoD – Books on Demand
© 2018 Anna Matheis
Grafik: Soloma/ Unholy Vault Designs/ Hollygraphic / Christos
Georghiou/ Incomible/ Shutterstock.com
Coverdesign, Satz, Herstellung und Verlag:
BoD – Books on Demand, Norderstedt
ISBN 978-3-7407-4981-1

Liebe Leserin, lieber Leser,

bereits in Band 1 der Reihe »Die magische Feder« habe ich einige der Schauplätze in meiner bayerischen Heimat angesiedelt. Im nun vorliegenden Band 2 werden ebenfalls Orte und Stätten aus meiner unmittelbaren Umgebung wieder lebendig. Beispielsweise der traumhaft gelegene Walchensee und der imposante Herzogstand (ein Berg in den Bayerischen Voralpen). Allerdings sind die Geschichten, die sich um sie ranken, frei erfunden.

Danke, liebe Leser, dass ihr Helenas Geschichte weiterverfolgt und sie auf ihrer Reise ins ewige Moor begleitet! ☺ Zur Erinnerung: Im ersten Band ist Helena, geführt von der magischen Feder, ins Reich der Übernatürlichen gelangt und hat ihre Bestimmung als Hexe erkannt. Im neuen Band winken ihr wiederum spannende Abenteuer. Am Ende des Buches findet ihr einige Hintergrundinformationen zur Entstehung meiner Bücher. Nun wünsche ich euch zauberhafte Lesestunden ...

Anna Matheis

# Prolog

Liebes Tagebuch,
es tut mir leid, dass du mittlerweile mit einer Staubschicht bedeckt bist. Um ehrlich zu sein, galt mein Besuch ursprünglich auch meiner Familie, aber es ist noch niemand zu Hause. Jetzt sitze ich wartend in meinem alten Zimmer in meinem Elternhaus, das noch genauso aussieht, wie ich es damals verlassen habe. Ich habe dich aus meiner alten Schublade hervorgekramt. Du lagst noch immer an demselben Fleck, was entweder bedeutet, dass ich dich wirklich gut versteckt hatte oder meine neugierigen Geschwister dich möglicherweise nie gesucht haben. Wie dem auch sei, ich sehe, dass meine letzte Eintragung bereits eine ganze Weile zurückliegt. Sie ist datiert auf jenen Abend, bevor mich Onkel Leopold damals abholte und wir nach Italien fuhren. Seitdem ist unendlich viel passiert und eines habe ich aus meinen erstaunlichen Erlebnissen gelernt: Das Leben gibt dir einen Stift in die Hand, aber schreiben musst du deine eigene Geschichte selbst. Ich gebe zu, ich gehörte zuvor auch eher zu denen, die, eingehüllt in eine Kuscheldecke, mit einer Tüte Chips neben sich daheim auf der Couch auf ein Abenteuer warteten. Wahrscheinlich würde ich auch heute noch da liegen, wenn sich mir nicht zur richtigen Zeit eine einmalige Chance geboten hätte. Vor dem Schulabschluss entschied ich mich nämlich in letzter Minute für eine Ausbildung zur Hotelfachfrau. Die Bewerbungsfristen waren längst abgelaufen. Tatsächlich bot mir ein gutmütiger Hotelier aus der Nähe von Garmisch-Partenkirchen dennoch eine Stelle an. Jedoch erst für das folgende Jahr, wenn wieder neue Plätze frei wurden. So kam es, dass ich diese Zeit überbrücken musste, und ich entschied mich, zum ersten Mal in meinem Leben für einen längeren Zeitraum mein Heimatdorf zu

*verlassen, um im Hotel meines Onkels Leopold und seiner Frau Sophia in Italien ein Praktikum zu absolvieren. Das Hotel liegt nicht in irgendeiner x-beliebigen Gegend Italiens, sondern an einem sagenumwobenen Ort – der »Vampirischen Region«. Um es kurz zu machen: Ich habe es durchgezogen und bin neugierig nach Italien gefahren, jedoch bin ich nie wieder nach Hause zurückgekehrt. Zumindest nicht offiziell. Die Ausbildungsstelle konnte ich nicht antreten. Für die Bewohner meines Dorfes und die gesamte Menschenwelt, ausgenommen meine Familie, gelte ich als verschollen. Viele nahmen Anteil an meinem mysteriösen Verschwinden und empfanden Schmerz darüber. Die Einzelheiten berichte ich dir aber ein anderes Mal, denn darüber könnte ich im wahrsten Sinne des Wortes ein ganzes Buch schreiben. Diesen Zeitaufwand kann ich selbst mit dem Visionszauber, den ich mittlerweile ausgezeichnet beherrsche, nicht ausgleichen. Ich hoffe, du siehst es mir nach. Damit du trotzdem auf dem aktuellen Stand bist: Ich habe Lorenzo geheiratet. Das ist der Prinz (mittlerweile König) der übernatürlichen Welt. Unsere Hochzeit war der Abschluss und zugleich der Beginn eines neuen Kapitels in meinem Leben. Wie so oft enden Geschichten aber selten mit dem letzten niedergeschriebenen Satz, denn mit jedem neuen Morgen, an dem man aufwacht, wartet eine neue leere Seite, die gefüllt werden will ...*

*Deine Helena*

# PENG!

Ich zuckte zusammen und ließ den Stift und das Tagebuch fallen. Dieser Knall kam mir bekannt vor. Dieses Mal wusste ich jedoch, dass kein Nachbar die Kontrolle über sein Leben verloren und sich erschossen hatte, sondern dass mein Papa mit übrig gebliebenen Silvesterböllern auf die Tauben vom Opa gezielt hatte. Ich will ihn nicht verteidigen, aber diese Viecher waren auch echt hartnäckig! Es ist nämlich nicht das erste Mal, dass er so einen Knallkörper zu ihnen in die Luft hochjagte. Der Opa hatte, nachdem er die Tiere auf dem Schützenfest gewonnen hatte, mit viel Herzblut einen Taubenschlag samt liebevoll verspielten Details auf sein Scheunendach gebaut. Die Tauben zeigten jedoch nicht die geringste Wertschätzung dafür. Die meiste Zeit verbrachten sie in der Dachnische unseres Hauses. Zum Ärger beider Parteien. Beim letzten Mal eskalierte die Situation, als eine Taube dem Papa direkt auf den Kopf schiss. Seine Wut kannte keine Grenzen und er warf den Feuerwerkskörper zu ihnen empor. Ich nahm an, das war auch der Anlass für den erneuten Knall. Rasch sammelte ich den Stift und das Tagebuch auf und verstaute beides in meiner alten, streng geheimen Schublade. Ich lief aus meinem Zimmer, die Treppen hinunter und öffnete die Haustüre, um meine Familie zu begrüßen. Mein Blick wanderte über den Hof und blieb schließlich entgeistert an der Gestalt einer Frau hängen, die regungslos auf dem Boden lag. Sollten sich meine schlimmsten Befürchtungen dieses Mal doch bewahrheitet haben? Ein Mord in unserem friedlichen Dorf?

»Aleksandra!«, hörte ich plötzlich meine Schwester Kathi rufen und im nächsten Augenblick kam sie aus der Garage gerannt und lief zu der Frau. Gefolgt von Felix, meinem Bruder, und meinen Eltern. Aufgeregt umringten sie Aleksandra. Selbst mein Opa stürmte aus seinem nebenan gelegenen Haus. Aleksandra war die polnische Pflegekraft eines Nachbarn, die ihn vierundzwanzig Stunden am Tag umsorgte. Ich musste reagieren! Wenn ich mich richtig erinnere, haben wir in der Schule gelernt, dass drei Minuten nach dem Herztod die Nervenzellen noch weiterleben. Wenn das stimmte, könnte ich ihr mit meiner Magie helfen und sie *zurückholen*. Mir blieb keine Zeit, um darüber nachzudenken, ob es Konsequenzen hätte, wenn ich außerhalb des Waldes, der das Reich der Übernatürlichen in sich barg, meine magischen Kräfte anwandte. Es ging hier um Leben und Tod. Als ich am Tatort ankam, sprang meine Familie überrascht zur Seite. Meine Mama sah mich verblüfft an.

»Helena? Was machst du denn hier draußen?«

»Geht einen Schritt zurück!«, entgegnete ich mit geschlossenen Augen. Ich hielt meine Hände an die Schläfen und begann bereits im Kopf einen Zauber zu formen. Einen Wimpernschlag später schlug ich die Lider auf und Aleksandra sah mich mit weit aufgerissenen Augen an.

»Ist das Helena?«, fragte sie mit polnischem Akzent.

Fassungslos starrte ich zurück.

»Warum lebt sie?«

Anschließend klärte sich die Misere auf. Als meine Eltern und Geschwister von ihrem Ausflug zurückkehrten und in den Hof einfuhren, entdeckte mein Vater bereits vom Auto aus die Tauben wieder in unserer Dachnische. Fuchsteufelswild parkte er das Auto in der Garage, und noch bevor die anderen ausstiegen, warf der selbst ernannte Pyrotechniker einen Silvesterböller krachend in die Höhe. Zeitgleich ging Aleksandra über den Hof mit einem Schubkarren voller Holz und einer Zigarette in der Hand. Sie war wohl in Gedanken versunken und erschrak über den Krach dermaßen, dass sie in Ohnmacht fiel. Was bedeutete:

Sie war nie tot.

Ein lebendiger Mensch hatte mich gesehen, was nie hätte passieren dürfen.

In völliger Panik und Verzweiflung hexte ich die Zeit um fünf Minuten zurück. Mit pochendem Herzen saß ich Bruchteile von Sekunden später wieder auf dem Schreibtischstuhl in meinem Zimmer. Nachdem ich ein paarmal tief durchgeatmet hatte, ging ich raus auf den Hof und verscheuchte die Tauben. Es dauerte nicht lange, da bog der blaue Opel Zafira meiner Eltern erneut in die Hofeinfahrt ein. Freudig winkten mir alle Familienmitglieder zu, als sie mich entdeckten. Ich grüßte zurück und versteckte mich anschließend hinter der Mauer, da in diesem Moment Aleksandra aus dem Schuppen kam. Nachdem sie im Haus nebenan verschwunden war, eilte ich zu meiner Familie. Ich hielt den Visionszauber bereits eine Zeit lang aufrecht, es war Zeit, ihn zu beenden. Abgesehen davon fühlte ich mich nicht besonders wohl. Ein seltsames Schwindelgefühl überkam mich. Ich deutete es als Zeichen der Überreizung des Zaubers. Ich erfuhr noch, dass sie heute einen Ausflug auf den Herzogstand unternommen hatten und sich danach, bei einem Bad, im Walchensee abgekühlt hatten. Anschließend versicherte ich, dass ich bald wiederkommen würde. Als ich wieder in den Wald zurückkehrte, ahnte ich nicht, was für eine Kette von unvorhergesehenen Ereignissen ich an diesem Nachmittag ausgelöst hatte …

# 1. Kapitel

*Nach der Hochzeit ...*
Nachdem Lorenzo und ich nach unserer heimlichen Trauung in unserer Dorfkirche mit meiner Familie auf das freudige Ereignis angestoßen hatten, ging das Fest im Wald weiter. Wir wurden überaus herzlich von allen Wesen und Arten der übernatürlichen Welt empfangen. Die Kälte war der Wärme gewichen und die sommerliche Landschaft märchenhaft geschmückt. Cleopha, die magische Feder, die mich einst in den Wald geführt hatte, und die Fee Mila hatten sich Zauberspiele für uns ausgedacht und es wurde bis spät in die Nacht gegessen, getanzt, gelacht und ausgelassen gefeiert. Im Gegensatz zur angespannten Stimmung, die bei der Zeremonie geherrscht hatte, die Silas und mich für immer miteinander verbinden sollte, war dieser Abend frei von Angst und Schrecken. Dank den primum maleficis, so nannten sich die Mitglieder des Gründerzirkels des übernatürlichen Königreichs, dank Lorenzo, Mila, Cleopha und auch ein kleines bisschen dank meinem Zutun gehörte das Böse in der übernatürlichen Welt fortan der Vergangenheit an. Silas' teuflischer Plan, die Macht über das Königreich an sich zu reißen, war vereitelt. Die Nacht nach der Hochzeit war die erste, in der mir Silas nicht in einem Albtraum begegnete. Als ich meine Augen aufschlug, sah mich Lorenzo strahlend an.

»Du hast durchgeschlafen. Ich musste dich nicht aus deinen Angstträumen wecken«, stellte er erfreut fest.

»Ich glaube, ich habe erst jetzt wirklich begriffen, dass Silas fort ist und nicht mehr zurückkehren kann. Er wird seine grausamen Pläne nie verwirklichen können«, erwiderte ich erleichtert. Lorenzo umschloss mich mit seinen starken Armen und ich fühlte mich sicher. Nachdem Evolet, die einstige Anführerin des Gründerzirkels, und die primum maleficis Silas ins ewige Moor verbannt hatten, dauerte es lange, bis ich mich von der furchtbaren Zeit und von den durch ihn erlittenen Qualen erholt hatte. Es gab viele Momente, in denen ich unentschlossen vor der Grenze in die »reale« Welt stand. Der Drang, wieder in mein altes Leben zurückzukehren, in dem die Dinge noch einigermaßen heil schienen, war oft groß. Hingegen hielten mich in der übernatürlichen Welt Lorenzo, Mila und Cleopha und dort wartete ein Leben auf mich, für das ich geschaffen war. Ich war eine Hexe und sosehr ich mich auch nach meinem alten Zuhause und meinen Eltern und Geschwistern sehnte, wusste ich doch tief in meinem Inneren, dass ich nun in den Wald gehörte. Meine Lage war vergleichbar mit der Situation von Fischen. Sie brauchen Wasser, um zu überleben. Ebenso wie ich die Umgebung brauche, in der die Übernatürlichen existieren. Ein Leben außerhalb dieser Sphäre wäre mittlerweile kaum vorstellbar. Wie Evolet es mir geraten hatte, war es eine Entscheidung, die gut durchdacht sein sollte. Ich hätte mich nicht lange in meinem Dorf aufhalten können, ohne aufzufallen. Denn im Gegensatz zu den gewöhnlichen Menschen altere ich nur sehr langsam. Es würde Jahrzehnte dauern, bis man mich auf dreißig schätzte. Wie lange würde das gutgehen? Vielleicht fünf Jahre? Und was zählten schon fünf Jahre, wenn man die Ewigkeit vor sich hatte? Nichts. Ich hätte auch meiner Familie mit meiner Rückkehr keinen Gefallen getan, denn nach Ablauf meiner Zeit bei ihr hätten wir uns für die Öffentlichkeit erneut etwas einfallen lassen müssen. Die Lügen wären in eine neue Runde gestartet. Nachdem langsam Gras darüber gewachsen wäre, hätten sie wieder von vorne anfangen müssen, eine glaubhafte Erklärung für mein Verschwinden zu präsentieren, und die trauernde Familie spielen müssen. Und ich wäre ziellos auf der Erde herumgeirrt. Es war für alle das Beste, dass ich im Wald geblieben war. Durch die Visionen konnte ich in gewisser Weise auch auf beiden *Seiten* leben.

Ein Klopfen an der Türe riss mich aus meinen Gedanken.

»Ja?«, rief Lorenzo und wir richteten uns auf, aber es trat niemand ein.

»Eure Majestät, verzeiht die Störung. Ein Gesandter des Sternenreiches lässt fragen, ob dessen Bewohner einen Empfang für Euch vorbereiten dürfen«, wollte eine tiefe männliche Stimme hinter der geschlossenen Tür wissen. Fragend sah ich Lorenzo an.

»Tut mir leid, Helena, über all den Geschehnissen habe ich nicht mehr daran gedacht, dir davon zu erzählen. Wenn bei uns jemand heiratet, sind in der Regel alle Übernatürlichen anwesend. Es ist Tradition, dass das Brautpaar am Tag nach der Hochzeit diejenigen besucht, die an dem Fest nicht teilnehmen können, weil sie zu schwach sind. Wäre es für dich in Ordnung, wenn wir heute Nachmittag dem Sternenreich einen Besuch abstatten?«

»Natürlich«, stimmte ich zu und Lorenzo gab es an den Boten hinter der Tür weiter. Als wir seine davoneilenden Schritte vernahmen, wollten wir uns küssen. Bevor unsere Lippen jedoch aufeinandertrafen, trommelte erneut jemand gegen die Türe. Lorenzo verdrehte die Augen und ließ sich auf das weiche Kissen zurückfallen.

»Ja!«, rief er. Dieses Mal eine Spur genervt.

»Wir haben eure Stimmen gehört. Nachdem ihr endlich wach seid, wollten wir euch zum Frühstück abholen. Cleopha und ich haben alles für ein zünftiges Mahl auf der Dachterrasse vorbereitet. Bis gleich«, flötete Mila durch einen Türspalt und verschwand, noch bevor wir ihr antworten konnten.

»Ich glaube, mit unserer Ruhe ist es vorbei. Komm, Lorenzo, lass uns aufstehen«, sagte ich schmunzelnd. Ich ersparte uns die Morgentoilette, indem ich sie einfach hexte.

Wenige Augenblicke später fand ich mich auf der Dachterrasse ein. Lorenzo wurde auf dem Weg dorthin noch aufgehalten. Er musste zunächst ein wichtiges Dokument unterzeichnen und wollte nachkommen. Ich genoss in der Zwischenzeit die Aussicht auf das imposante Bergpanorama und das farbenfrohe friedlich unter uns liegende Tal, das mich ein wenig an meine Heimat erinnerte. Der Himmel war wolkenlos und die Sonnenstrahlen wärmten mein Gesicht. Plötzlich schwebte Cleopha vor mir auf und ab.

»Guten Morgen, Eure Majestät Helena, Königin der Übernatürlichen«, begrüßte sie mich fröhlich und verbeugte sich zierlich.

»Guten Morgen, Cleopha, Anführerin der Federn«, entgegnete ich lachend und machte einen Knicks.

»Ich grüße dich ebenfalls, liebe Helena«, meinte Mila weniger förmlich. Sie tauchte hinter mir auf und umarmte mich stürmisch. Als wir voneinander abließen, bemerkte ich ihre roten verweinten Augen.

»Was ist denn los?«, hakte ich sofort besorgt nach.

»Nichts«, brachte sie nur mit zusammengekniffenem Mund hervor. Ich legte den Kopf schief und hob die Brauen.

»Raus mit der Sprache«, forderte auch Cleopha.

»Wir können morgen darüber reden. Heute ist der erste Tag, an dem die Übernatürlichen wieder offiziell einen König *und* eine Königin haben. Alle feiern und ich möchte mit meiner traurigen Stimmung nicht alles verderben«, erwiderte sie bedrückt. Ich schüttelte den Kopf.

»Das ist doch Quatsch, Mila«, beschwor ich sie. »Los, setzen wir uns, und du erzählst uns, was passiert ist.«

Ich wandte mich um und erst jetzt bemerkte ich die auf den Boden gestreuten Rosenblätter. Über sie schreitend, erreichte ich einen Glastisch, der wundervoll eingedeckt war. Statt Kerzen stand in der Mitte eine Art Brunnen, aus dem kleine Herzchen in die Luft sprudelten. Drum herum war ein Buffet mit allerlei Köstlichkeiten errichtet, das keinen Wunsch unerfüllt ließ.

»Wow! Ihr seid unglaublich! Vielen Dank für das tolle Frühstück«, staunte ich beeindruckt und setzte mich auf das bequeme Polster der Sitzecke. Ich deutete auf die freien Plätze neben mir und Mila und Cleopha nahmen ebenfalls Platz.

»Obwohl es dir offensichtlich schlecht geht, hast du auch noch an uns gedacht«, fügte ich dankbar in Milas Richtung hinzu und ahnte bereits, dass ihre Traurigkeit etwas mit ihrem Feenfreund Lisandro zu tun hatte. Die beiden haben sich bisher nie offiziell zusammen gezeigt. Die Treffen zu zweit fanden meist an geheimen und verborgenen Winkeln des Waldes statt. Im Feengarten hielten sie den nötigen Abstand, um als Liebespaar nicht aufzufallen. *Nicht aufzufallen*, dieser Wunsch kam von Lisandro. Er wollte unter den Waldbewohnern kein Aufsehen erregen, indem er sich als Freund der Feenprinzessin vorstellte. Mila hatte das akzeptiert. Bis jetzt. In letzter Zeit, durch die Hochzeitsvorbereitungen, wurde es jedoch immer schwieriger für sie, sich unauffällig aus dem Schloss hinauszuschleichen. Abgesehen davon ging ihr langsam das Repertoire an Ausreden für die königlichen Wachen aus, mit denen sie sich an ihnen vorbeimogeln konnte, und sie bat Lisandro um eine Entscheidung. Sie sagte ihm, dass dieses Versteckspiel nicht mit ihren Aufgaben zu vereinen sei. Wenn er es ernst mit ihr meine, solle er sich demnächst öffentlich zu ihr bekennen. Als nächster größerer Rahmen für sein Bekenntnis zu ihr bot sich die Hochzeit von Lorenzo und mir an. Mila hatte ihn gefragt, ob er sie zum Eröffnungstanz auffordern würde ...

»Die Vorbereitungen für euer erstes Frühstück als König und Königin hätte ich mir wirklich nicht nehmen lassen«, sagte Mila und lächelte schwach.

»Vermutlich taucht Lorenzo jeden Moment auf, also mache ich es kurz. Lisandro wollte mit mir tanzen. Dieser Tanz hätte mir wirklich viel bedeutet. Ich war unglaublich aufgeregt in den Tagen vor dem Fest und habe mich gefreut, dass es fortan keine heimlichen Treffen mehr geben würde. Zwei Tage vor der Hochzeit hat er sich nicht mehr gemeldet. Auch im Feengarten ist er nicht mehr aufgetaucht, obwohl dort für die Vorbereitungen der Feierlichkeit jede helfende Hand willkommen gewesen wäre. Trotzdem. Ich gab die Hoffnung nicht auf und habe an seinem Kommen nicht gezweifelt. Gekommen ist Lisandro auch. Nur nicht alleine. Er kam am Hochzeitsabend mit einer hübschen weiblichen Begleitung und würdigte mich keines Blickes.«

»Was?!«, riefen Cleopha und ich wie aus einem Mund aus. Mitfühlend sah ich Mila an. Es war für sie bestimmt ein Schlag ins Gesicht. Sie war felsenfest davon überzeugt gewesen, dass dieser Abend ihre Chance war. Der Startschuss für eine gemeinsame Zukunft. Mila wollte dafür alles perfekt haben und hatte vieles bis ins kleinste Detail geplant. Angefangen bei ihrem äußeren Erscheinungsbild. Ich musste ihr unter anderem eine Million Mal ein neues Kleid hexen, weil sie Lisandro unbedingt gefallen wollte.

Und nun so etwas? Sie hatte ihn nicht gebeten, ihr auf der Bühne einen Heiratsantrag zu machen und sich für immer an sie zu binden, sondern lediglich um einen Tanz. Hatte ihn das so sehr unter Druck gesetzt, dass er das Weite suchen wollte? Oder waren seine Gefühle für Mila möglicherweise nicht so stark …

»Ich bin wirklich sprachlos! Was ist bloß in ihn gefahren?«, schimpfte ich fassungslos und Mila rann eine einzelne Träne über die Wange. Ich hexte ihr ein Taschentuch herbei und Cleopha setzte sich auf ihre Schulter.

»Kennen wir denn seine *Begleitung*?«, fragte sie.

»Das ist sehr unwahrscheinlich. Tatsächlich habe auch ich sie noch nie zuvor gesehen. Ich habe meine Feenkontakte genutzt und zumindest herausgefunden, dass sie Ella heißt und eine Elfe ist. Eine sehr klein geratene, nebenbei bemerkt. Auf der Hochzeit hatte ich keine Gelegenheit, mit den Elfenzwillingen zu sprechen. Da sie seit jeher von der Außenwelt abgeschottet wurden, ist es zwar unwahrscheinlich, dass sie etwas über sie wissen, aber ich werde sie trotzdem fragen, wenn ich sie sehe«, antwortete Mila und im selben Moment trat Lorenzo auf die Dachterrasse. Er entschuldigte sich für die Verspätung, lobte ebenfalls das Frühstücksaufgebot und setzte sich zu uns. Ich legte Mila eine Hand auf die zarte Schulter.

»Wir reden später weiter.«

Sie nickte mir dankbar zu und stand auf. Mila und Cleopha verabschiedeten sich und wir bedienten uns an den Leckereien.

»So viel wie ich in den letzten vierundzwanzig Stunden gegessen habe, habe ich in meinem ganzen Leben nicht verspeist«, teilte mir Lorenzo mit, während er herzhaft in ein ofenfrisches, selbst gebackenes Brötchen biss, und ich lachte. Lorenzo konnte als Halbvampir und Halbdrache zwar Lebensmittel zu sich nehmen, aber er kam auch problemlos jahrelang ohne sie aus.

»Das reicht für die nächsten Wochen«, fügte er satt hinzu und ich kniff die Brauen zusammen.

»Vergiss es! Das war erst der Anfang. Wie du weißt, bin ich als Hexe sehr wohl mit Appetit gesegnet und obendrein kann ich mir zu jeder Tageszeit ein ganzes Schlaraffenland voller Gaumenfreuden herbeizaubern. Ich gedenke davon oft Gebrauch zu machen und zum Verzehr brauche ich dann jede Unterstützung.«

## 2. Kapitel

Nach dem ausgiebigen Frühstück machten wir uns bald auf den Weg ins Sternenreich. Vor dem Schloss auf dem Abflugplatz empfing uns die königliche Garde. Dort wartete bereits eine imposante, gläserne und aufwändig verschnörkelt geformte Kutsche mit goldenen Elementen. Die Polster der Sitze waren in einem reinen Königsblau gehalten und geführt wurde das Gefährt von Runa, einer riesengroßen Schneeeule. Ein kleinwüchsiger Kutscher mit spitzen Ohren trat auf uns zu. Er war halb Zwerg, halb Elfe. Er verbeugte sich und öffnete uns die Türe. Lorenzo hielt mir seinen Arm entgegen. Ich stützte mich darauf und trat auf die gläsernen Stufen. Drinnen angekommen, ließ ich mich auf das weiche Polster fallen. Lorenzo setzte sich neben mich und gab dem Kutscher ein Zeichen. Die Türe fiel ins Schloss und Runa schwang sich mit ihren überdimensionalen Flügeln auf. Anmutig hoben und senkten sich ihre Schwingen, sodass ein sanfter Windzug wehte. Gleichzeitig setzte sich die Kutsche in Bewegung. Es war mit einem Flugzeugstart zu vergleichen. Zunächst rollten wir langsam los. Danach wurden wir schneller, bis uns die Schwerkraft schließlich in den Sitz drückte. Der einzige Unterschied war, dass wir nicht aufwärts flogen, sondern abwärts. Der Abflugplatz befand sich nämlich am Rande eines Abgrunds von schwindelerregender Tiefe. Ich hatte keine Angst, aber es war mir doch lieber, wenn ich selbst auf meinem Besen flog. Jedoch schickte sich das nicht, wenn das Königspaar zu einem offiziellen Termin nicht standesgemäß anreiste.

»Gefällt es dir?«, fragte Lorenzo. Ich nickte und ließ meinen Blick in die Ferne schweifen. Ich war jedes Mal aufs Neue beeindruckt von dieser Perspektive. Hier oben sah die malerische Gegend noch märchenhafter aus als von der Erde aus betrachtet. Die winzigen Schlösser, Täler, Wiesen und Seen ...

»Wir sind bald da«, kündigte Lorenzo an und ich erkundigte mich nach dem Sternenreich.

»Du bist gar nicht mehr dazu gekommen, mir zu erklären, was das für ein Reich ist.«

»Weißt du, was ein Hospiz ist?«, fragte Lorenzo.

»Ja. Bei uns Menschen ... äh, ich meine natürlich, bei *den* Menschen, gibt es Hospize. Das sind Pflegeeinrichtungen, in der Sterbende bis zu ihrem Tod betreut werden. Auch der Angehörigen nimmt man sich dort an. Aber was hat das mit der übernatürlichen Welt zu tun?«

Lorenzo lächelte.

»Tatsächlich hat das menschliche Konzept von einem Hospiz Ähnlichkeiten mit dem Sternenreich. Wie du weißt, sind wir mit dem ewigen Leben gesegnet, aber das irdische Dasein ist zeitlich begrenzt. Danach existieren wir bis ans Ende aller Zeiten in der passiven Sphäre weiter. Niemand weiß, wo sie ist, jedoch verbinden viele die Vorstellung davon mit dem Universum, dem Himmel und den Sternen. Daher der Name: Sternenreich. Wenn die Zeit für den *Wechsel* naht, kann es bei dem Einzelnen Anzeichen in Form von Schwäche und unaufhaltsamen, unheilbaren Krankheiten geben. Viele entscheiden sich, das Ende bzw. die verbleibende Zeit bis zum Übergang in die passive Sphäre im Sternenreich zu verbringen. Wie du dir sicher vorstellen kannst, ist es keine gewöhnliche Einrichtung, aber davon wirst du dir gleich selbst ein Bild machen können.«

Nach einer Weile drosselte Runa ihre Geschwindigkeit und wir glitten tiefer. Die Einzelheiten der Landschaft erblickten wir nun wieder lebensgroß und wir flogen über einen breiten Fluss mit glasklarem Wasser, das den Blick auf den mit Steinen besetzten Boden freigab. Umgeben wurde er beidseitig von einem Wald. Plötzlich tauchte am rechten Ufer ein kleiner Hügel auf. Als ich genauer hinsah, erkannte ich, dass sich mitten in dem Hügel ein mit üppigen Pflanzen überwachsenes türkisblaues Türchen befand. Ein moosüberwuchertes Treppchen führte dorthin. Lorenzo deutete darauf.

»Das ist der Eingang.«

In diesem Augenblick setzte Runa zur Landung an. Sanft kamen wir auf der Wiese auf. Der Kutscher sprang eilig von seinem Bock und öffnete uns die Türe. Lorenzo stieg aus und half mir aus dem Gefährt. Er nickte dem Kutscher zu und dieser zog sich zurück.

»Bist du bereit?«, fragte Lorenzo aufmunternd. Verwirrt wanderte mein Blick von ihm zu dem Hügel und wieder zurück.

»Ja, das bin ich, aber ich bin gespannt, wie wir die Treppe emporsteigen werden. Auf eine der filigranen Stufen dort passt höchstens mein großer Zeh. Und die Tür? Sie ist gerade mal so breit wie meine Hand. Am besten, du gehst voraus, nicht, dass ich alles kaputttrampele.«

»Ich merke, du hast noch längst nicht alle Facetten des Waldes erkundet«, entgegnete er grinsend. Sanft schob er mich in die Richtung der Stufen. Zunächst zögerte ich, jedoch vertraute ich ihm und wusste, dass er mich niemals einer Gefahr aussetzen würde. Ich setzte einen Fuß, oder zumindest den Teil davon, der darauf Platz fand, auf die erste Stufe. Wie durch Zauberhand wurde daraufhin die ganze Treppe von schillerndem Nebel umhüllt. Wenige Sekunden später verpufften die Nebelschwaden in einem atemberaubenden Glitzerregen. Anstelle der winzigen befand sich nun unter meinen Fuß eine angemessen große Stufe.

»Wow!«, rief ich aus und wirbelte zu Lorenz herum.

»Ich wusste, dass dir das gefallen würde.«

Ich wandte mich zur Treppe um und stieg beeindruckt die restlichen Stufen empor. Als ich sie erklommen hatte, stand ich vor der zwergenhaften Tür.

»Und nun?«

»Nun kannst du die magische Pforte öffnen, indem du die Türklinke berührst«, sagte mein Begleiter und ich wollte wissen, warum er die Tür als »magische Pforte« bezeichnete. Lorenzo trat an meine Seite und erklärte, dass mit dem Passieren der Pforte und dem Eintritt ins Sternenreich die Entscheidung eines kranken oder schwachen Übernatürlichen besiegelt wurde. Lebenserhaltende Magie konnte nun nicht mehr angewandt werden. Die Schmerzen wurden jedoch automatisch gelindert.

»Kommen alle Übernatürlichen einmal hierher?«, wollte ich wissen und Lorenzo schüttelte den Kopf.

»Nein. Es gibt Übernatürliche, die eines Tages einfach umfallen und deren Seele ohne vorherige körperliche Leiden in die passive Sphäre aufsteigt. Manche wollen in ihrer letzten irdischen Phase auch zu Hause bleiben. Von den ersten Krankheits- oder Schwächeanzeichen bis zum letztendlichen Dahinscheiden dauert es nie lange. Es gibt einen Unterschied zu den Menschen. Ich habe gehört, dass es sich bei ihnen oft Jahre hinziehen kann, bis sie *erlöst* werden. Trotzdem erleichtert bei den Übernatürlichen der Wechsel in das Sternenreich den letzten Weg. In der gewohnten häuslichen Umgebung hingegen sind die Verwandten oft mit der Aufgabe überfordert, den Übergang möglichst angenehm zu gestalten.«

Verständnisvoll sah ich zu ihm auf und wir beschlossen hineinzugehen. Als meine Finger den Miniaturgriff berührten, überkam mich plötzlich ein beklemmendes Gefühl. Die Übernatürlichen, denen ich gleich begegnen würde, würde ich erst einmal lange Zeit nicht wiedersehen, wenn ich diese Pforte nach unserem Besuch wieder hinter mir schloss. Das einzig Tröstliche war, dass deren Angehörigen sicher wussten, dass ihre Nächsten in der passiven Sphäre ewig weiterexistierten. Bei den Menschen gibt es aufgrund der verschiedenen Religionen unterschiedliche Theorien über das Leben nach dem Tod. Da es keine Nachweise für die Art der Weiterexistenz gibt, obliegt es einem selbst, was man *glaubt*.

Ich wurde aus meinen Gedanken gerissen, als die Tür wuchs, auf ebenso magische Weise wie die Stufen zuvor. Sie öffnete sich von selbst und dahinter verbarg sich erstaunlicherweise ein Ort, der alles andere als winzig war.

»Willkommen im Sternenreich. Königin Helena und König Lorenzo, es ist uns eine Ehre, Euch heute hier begrüßen zu dürfen. Tretet ein.«

Fragend sah ich Lorenzo an.

»Wer spricht da?«

Schmunzelnd deutete Lorenzo auf den Boden. Ich ließ meinen Blick nach unten gleiten und hüpfte überrascht zur Seite. Eine Schar Trolle hatte sich vor unseren Füßen versammelt.

»Wir wollten dich nicht erschrecken, liebe Helena«, meinte einer von ihnen entschuldigend. Ich bückte mich und die winzigen Trolle beugten das Knie.

»Oh, Entschuldigung, dass ich euch übersehen habe.«

Die Trolle richteten sich wieder auf und blickten mir mit freundlichen Augen entgegen. Ich mag diese Wesen. Sie sind höchstens eine Elle lang. Der Kopf macht im Verhältnis zu den restlichen Körperteilen beinahe ein Drittel aus. Hervorstechend sind die großen Glubschaugen, die breite, runde Nase und die langen, spitzen Ohren. Erhascht man ein niedliches Lächeln, sieht man die entblößten riesigen und schief gewachsenen Zähne. Außerdem laufen die Trolle meistens barfuß, haben eine schilfgrüne Hautfarbe und ihre Haare stehen in alle Himmelsrichtungen ab. Bekannt sind die Trolle für ihre unvergleichlichen Heilkräfte. Viele leben tief im Wald, um dort eigene Kräuter anzubauen und geheime Tinkturen zu mixen. Sie haben sich eine Art Lager errichtet, das die anderen Übernatürlichen aufsuchen können, wenn sie die Hilfe der Trolle benötigen.

Ein Troll trat vor und sprach zu uns.
»Die Freude ist ganz auf unserer Seite. Wenn ich mich vorstellen darf. Mein Name ist Eskebarn. Ich leite das Sternenreich seit fünfundneunzig Jahren. Derzeit betreuen wir drei Übernatürliche. Ich schlage vor, dass wir sie nun besuchen. Im Augenblick sind alle wach. Da sie alle sehr schwach sind und schnell müde werden, sollten wir die Gunst der Stunde nutzen. Bitte folgt mir.«
Die anderen Trolle bildeten eine Gasse und wir folgten Eskebarn. Zunächst gingen wir durch einen überwachsenen, hölzernen Torbogen. Lorenzo und ich mussten unsere Häupter senken, um hindurchzupassen. Nach dem Passieren gelangten wir mitten in die Anlage des Sternenreiches. Staunend sah ich mich um. Es befand sich unter einer riesigen Kuppel. Grob betrachtet war es das übernatürliche Königreich in Miniaturformat. Mittig glitzerte ein kleiner eisblauer See, drum herum breitete sich eine saftig grüne Wiese aus, an die sich nach einigen Metern der Wald anschloss. Versetzt führten jeweils unterschiedlich gestaltete

Wege vom See aus an den Waldrand. Insgesamt zählte ich drei Stück. Die Wege endeten an Bäumen. Vom Fuße der Bäume aus führten aufwändig geschnitzte Holztreppen in die Baumkronen. Dort befanden sich Baumhäuser, die wie kleine Schlösser aussahen.

»In den Schlössern wohnen die Übernatürlichen«, erklärte Eskebarn.

»Was macht ihr, wenn sich noch ein Übernatürlicher ankündigt? Wo wird dieser dann untergebracht?«, hakte ich nach. Der Troll lotste mich näher an den Waldrand. Wir nahmen einen der Wege. Er bestand aus feinstem Strandsand und der Wegesrand war mit reichen Ornamenten aus verschiedensten Muscheln ausgelegt. Als wir am Ende angekommen waren, deutete Eskebarn nach oben.

»Platz haben wir unbegrenzt. Wie bereits erwähnt, betreuen wir derzeit drei Übernatürliche. Das sind verhältnismäßig viele. Manchmal kommt wochenlang niemand hierher und über die Jahre betrachtet sind es immer nur Einzelne. Die Sterberate ist in unseren Kreisen nicht besonders hoch, wie du weißt. Hast du bemerkt, dass jedes der Schlösser anders aussieht? Dem liegt ein traditionelles Ritual zugrunde. Sobald ein Übernatürlicher ins Sternenreich eingezogen ist, beginnt er sich seine letzte Ruhestätte zu errichten. In den ersten Tagen nach dem Eintritt durch die magische Pforte verfügen die Übernatürlichen noch über genügend Kraft für dieses Vorhaben. Nach Vollendung der Ruhestätte verlässt sie ihre Energie rapide und binnen kürzester Zeit findet der Wechsel in die passive Sphäre statt. Um sich aktiv mit dem Übertritt auseinanderzusetzen, starten wir mit dem Bau des Weges. Vom Ufer aus bis zu einem Baum, der frei gewählt werden darf. Anschließend wird ein Entwurf entwickelt für den Innenraum und die äußere Fassade. Unsere oberste Priorität ist, dass sich die Übernatürlichen wohlfühlen, deshalb bestimmen sie selbst über die Umgebung, in der sie ihre letzten Tage verbringen. Manche richten zum Beispiel die innere Räumlichkeit wie ihr bisheriges Zuhause ein, das gewährt ihnen ein Stück Geborgenheit und Sicherheit. Anschließend werden die Angehörigen miteinbezogen und gemeinsam wird das gewünschte Domizil erschaffen. Das ist ein sehr wichtiger Bestandteil unserer Arbeit. Sobald das Werk fertiggestellt ist, ritzt der Übernatürliche seinen Namen in die Rinde. Am Ende des Aufenthaltes, wenn er uns verlässt, glüht der Namenszug für ein paar Minuten auf. Sobald das Monogramm abgekühlt ist, schrumpfen der Baum, das Haus, der Weg und ein Teil des Sees. Um sie herum bildet sich eine Art Schneekugel. Was bleibt, ist eine ewige Erinnerung für die Angehörigen. Bei ihrem letzten Besuch dürfen sie die Kugel mitnehmen und können die letzte Ruhestätte aufbewahren. Wie ihr seht, haben wir keine Erdlöcher, denn an der jeweiligen Stelle wächst sofort wieder ein neuer Baum.«

Während Eskebarn sprach, wischte ich mir hastig ein paar Tränen aus den Augenwinkeln. Ergriffen wandte ich mich an ihn.

»Das ist wirklich ein unglaublich hilfreiches Ritual. Ich war zum Glück noch nie in der Lage, dass ein mir nahestehender Übernatürlicher in die passive Sphäre wechselte, aber ich denke, die Trauerarbeit für diejenigen, die zurückbleiben, sollte nicht unterschätzt werden. Zwar haben die Angehörigen die Sicherheit, den Verschiedenen eines Tages wiedersehen. Doch dieses *eines Tages* kann viel bedeuten – hundert Jahre oder auch tausend Jahre. Und wenn man einen Menschen … Pardon, *jemanden,* liebt, kann das eine verdammt lange Zeit sein. Die Sache mit der Schneekugel finde ich großartig! Sie ist eine greifbare Erinnerung für die Hinterbliebenen an die letzte gemeinsame Zeit mit dem geliebten Angehörigen und ...«

  Ich hielt inne, denn ein kleines, aufgeregtes Trollmädchen kam angelaufen und sprach Eskebarn an. Es meinte, dass bei einem Übernatürlichen früher als gedacht die Zeit gekommen sei und Eskebarns Hilfe benötigt werde. Außerdem, so fügte es hinzu, weigere sich urplötzlich eine andere Bewohnerin alle Anwesenden zu empfangen. Sie wolle nur mit mir alleine sprechen. Ihr Name sei Ella.

# 3. Kapitel

Zaghaft klopfte ich an einer Tür aus Milchglas und sogleich reagierte eine klangvolle Stimme.

»Helena, bist du das?«

*Geh nicht hinein*, wisperte eine Stimme in meinem Kopf. Ein kurzer Schmerz durchzog mein Haupt. Erschrocken wich ich zurück und drückte mit den Fingern gegen meine Schläfen. Diese Stimme hatte ich schon einmal gehört. Es war in der Küche des Hotels, in der ich im Rahmen meines Praktikums geholfen hatte. Ich erinnerte mich wieder an diesen Moment …

*»Helena, kannst du mir die Zwiebeln schälen und den Speck für die Carbonara würfeln?«, bat mich einer der Köche. Ich nickte und machte mich an die Arbeit. Während ich mit brennenden Augen eine weitere Zwiebel aus dem Korb nahm, wisperte eine geisterhafte Stimme in meinem Kopf.*

*›Geh in den Wald.‹*

*Erschrocken wirbelte ich hoch, warf dabei den Korb um und die Zwiebeln rollten heraus. Das Messer für den Speck traf ich ebenfalls und es fiel klirrend auf den Fußboden. Die anderen unterbrachen abrupt ihre Arbeit und vergewisserten sich, dass alles in Ordnung war. Mit erröteten Wangen bestätigte ich es und räumte die Utensilien wieder zurück auf ihren Platz. Wurde ich verrückt oder war es die Übermüdung, dass ich nun schon Stimmen in meinem Kopf hörte?*

Sollte ich mir damals nicht sicher gewesen sein, so war ich es dieses Mal gewiss. Die Stimme war real und sie wollte mich warnen. Aber warum? Als das kleine Trollmädchen uns Ellas Wunsch vortrug, respektierten wir ihn alle. Es war völlig in Ordnung, dass sie in ihrer Lage nicht mehr jeden empfangen wollte. Möglicherweise war die Anstrengung einfach zu groß für sie. Ich nahm alle meine Konzentration zusammen und versuchte sämtliche Geräusche um mich herum auszublenden und in mich hineinzuhören, aber die Stimme in meinem Kopf blieb stumm. Vorsichtig legte ich meine Hand um den kalten Türgriff. Was sollte schon passieren? Dahinter lag Ella wahrscheinlich schwach auf ihrem Bett und wusste, dass ihre Stunden auf Erden gezählt waren. Und wenn sie böse wäre, würde Eskebarn mich niemals alleine zu ihr gehen lassen, versuchte ich mich selbst zu beruhigen. Außerdem war ich neugierig. Ich wollte wissen, ob das Unmögliche möglich war und ich mich sogleich Lisandros Ella gegenübersehen würde. Namen werden in der übernatürlichen Welt nämlich nur ein einziges Mal vergeben.

»Hallo? Ist noch jemand vor der Türe?«, fragte Ella schwach und ich räusperte mich.

»Nein, Verzeihung. Ich bin alleine gekommen, wie du es wolltest. Darf ich reinkommen?«

»Selbstverständlich, aber ziehe bitte die Socken und die Schuhe vorher aus.«

Verwundert zog ich die Augenbrauen zusammen und tat wie mir geheißen. Dann holte ich tief Luft und drückte die Türe auf. Zunächst sah ich, dass der Boden ebenso wie der Weg mit Sand bedeckt war. Muscheln und filigrane Sandkunstwerke zierten zudem den Boden. Nun verstand ich, warum ich barfuß eintreten sollte. Sanftes Wellenrauschen drang zu mir. Durch eine Illusion war es möglich, dass durch ein breites offenes Fenster der Vorhang wehte und es den Blick aufs offene Meer freigab. In einer Ecke des Raumes war eine moderne Bar aufgebaut und Ella selbst ruhte in einer Hängematte, die zwischen zwei Palmen hing. Durch Lichteffekte hatte man das Gefühl, dass die wärmende Sonne schien.

»Hallo, Ella. Schön hast du es hier«, bemerkte ich und betrachtete sie eingehend. Ella hatte schulterlanges, lockiges Haar. Der Ansatz war schwarz und ging über in ein schillerndes Türkis. Ihre Augenfarbe war ein dunkles Saphirblau. Sie hatte ein schmales Gesicht mit ebenmäßigen Zügen, einer spitzen Nase und ebensolchen Ohren. Ella war bis zum Hals mit einer leichten weißen Decke zugedeckt und ich vermutete darunter eine zierliche Figur.

»Es tut mir leid, ich kann mich nicht mehr verbeugen. Erkennst du mich wieder?«, fragte sie und deutete auf die Liege neben mir. Mir war sie anfangs gar nicht aufgefallen, aber ich ließ mich kommentarlos darauf nieder.

»Ich war gestern auf eurer Hochzeit. Allerdings mit blonden Haaren«, erzählte sie und musterte mich interessiert.

»Um ehrlich zu sein, kann ich mich nicht mehr an dich erinnern. Ich habe gestern in unzählige neue Gesichter geblickt und wahrscheinlich würde ich nur einen Bruchteil davon wiedererkennen«, meinte ich entschuldigend und für einen Moment wirkte sie gekränkt. Irgendwie erinnerte sie mich an eine ehemalige Mitschülerin. Diese hieß Sabrina und kam aus der nächstgrößeren Kleinstadt. Ihre Eltern verdienten beide gut, und Sabrina hatte sich ihr gutes Aussehen zu ihrer Lebensaufgabe gemacht, und sie bildete sich mächtig viel darauf ein. Einmal in der Woche wurde sie sogar eigens zu einem bekannten und teuren Friseur nach München chauffiert. Sabrina, die klischeehaft als Stadttoast uns Landeiern nicht viel abgewinnen konnte, wäre aus allen Wolken gefallen, wenn ihr einmal jemand gesagt hätte, dass sie ihm nicht im Gedächtnis geblieben wäre.

»Aber du hast von mir gehört, nehme ich an?«, bohrte Ella nach und ich wurde hellhörig.

»Worauf willst du hinaus, Ella?«

Sie grinste und es wirkte aufgesetzt und falsch. Ihre Haarfarbe wechselte wieder ins Blonde, was ihr besser stand.

»Mila hat dir bestimmt erzählt, dass ihr Schwarm Lisandro mit einer Begleiterin auf dem Fest erschienen ist, nehme ich an? Diese Begleiterin, die ihr so richtig den Abend verdorben hat, das war ich. Aber bevor du dir ein Urteil über mich bildest, lass mich erklären, wie es dazu kam. Dazu muss ich ein bisschen weiter ausholen. Die ganze Geschichte hängt mit dem Feengarten zusammen. Alle, aber wirklich alle wollen dort gemeinsam an der Seite von Prinzessin Mila arbeiten. Nun stell dir aber einmal vor, es wollte jemand kein Gemüse anpflanzen! Was glaubst du, wie schief derjenige angeschaut wird? Es ist ähnlich, als wenn sich jemand aus deiner Gegend weigert, im Trachtenverein das Tanzbein zu schwingen, obwohl das seit Generationen alle Familienmitglieder und Nachbarn von klein auf getan haben. Warst du im Trachtenverein?«

»Nein, aber ...«

»Und bist du dir deshalb auf manchen Dorffesten nicht auch wie eine Aussätzige vorgekommen? Wenn alle in Tracht gekleidet waren und du in Jeans aufgetaucht bist? So in etwa musst du dir die Situation vorstellen, wenn hier jemand kein Unkraut zupfen will!«

»Ganz so dramatisch war es mit meiner Außenseiterrolle nun auch wieder nicht. Zugegeben, es hatte nicht jeder aus meiner Familie Verständnis dafür, dass ich nicht im Trachtenverein war, weil man tatsächlich an einer Hand abzählen kann, welche Kinder und Jugendlichen aus unserem und aus umliegenden Dörfern dort nicht Mitglied waren, aber der Großteil hat es akzeptiert. Ein Dirndl besaß ich deshalb trotzdem, auch wenn es kein traditionelles war. Besonders an kirchlichen Festen fiel meine neumodische Tracht auf, aber gesagt hat keiner was und ich wurde deshalb auch nicht ausgegrenzt. Und es war auch nicht so, dass Freundschaften nur innerhalb des Trachtenvereins geschlossen wurden. Es ist ja schließlich keine Sekte! Irmgard, eine meiner Freundinnen, engagierte sich beispielsweise auch dort. Möglicherweise noch heute ... Der einzige Unterschied zu mir war, dass sie nicht immer Zeit hatte, weil sie regelmäßig unter der Woche Trachtenproben hatte und an manchen Wochenenden Auftritte, aber so ist es nun mal mit Hobbys. Ich hatte dafür Klavierunterricht und habe dort meine Zeit investiert«, verteidigte ich meine Landsleute und hielt kurz inne, als ich an meine Freundin Irmgard dachte. Es kam mir vor wie eine Ewigkeit, dass ich zu ihr und meiner anderen besten Freundin Valentina Kontakt hatte. Die beiden waren seit jeher in dem Glauben, dass ich verschwunden war. Bisher hatte ich es vermieden, sie aufzusuchen, weil es zu riskant war. Ich wollte ihnen die Lügen, zu denen ich sie verpflichten müsste, ersparen. Zwar hätten sie Gewissheit über mein Schicksal und würden aufatmen, aber der Preis war hoch. Ein Leben lang müssten sie ihren Familien und ihrer Umgebung weiterhin die Trauer um mich vortäuschen. Ich merkte bei meiner eigenen Familie, wie sehr sie dieses Wissen veränderte und teilweise auch einschränkte. Meine Eltern und Geschwister waren überglücklich, dass ich lebte, keine Frage, aber sie konnten die Freude nie mit jemandem teilen. Sobald sie das Haus verließen, mussten sie eine Maske aufsetzen. Im Gegensatz zu früher zogen sich meine Eltern aus dem Dorfleben nun zurück. Beispielsweise nahmen sie kaum an Festen teil, denn wer feierte schon ausgelassen, wenn das eigene Kind verschwunden, womöglich tot war? Sie mussten bei jedem Satz, den sie mit Nachbarn wechselten, aufpassen, ob sie nicht ein Wort zu viel sagten. Es war wahrlich nicht einfach, diese Rolle zu spielen. Auch nicht für meine Geschwister. Gras wächst in so einem kleinen Ort nie über solch ein Vorkommnis und ich wollte nicht noch mehr Schaden anrichten, indem ich Valentina und Irmgard einweihte. Trotzdem fehlten sie mir schrecklich. Ich schluckte schwer und wandte mich wieder an Ella.

»Aber kommen wir wieder zu dir. Ich nehme an, mit dem *jemand, der kein Gemüse anpflanzen will*, meinst du dich selbst? Und wenn ich es richtig verstanden habe, empfindest du diese Arbeit auch als eine Art Gruppenzwang?«

Sie nickte und sah an mir vorbei. Auf das Meer, in die Ferne.

»Richtig. Mich hat der Feengarten einfach nie interessiert. Und ich empfinde die Arbeit dort nicht nur als Gruppenzwang, es ist auch einer! Du gehörst sonst einfach nicht dazu. Vielleicht war das mit dem Trachtenverein ein blöder Vergleich, denn hier verbringen die Übernatürlichen im Schnitt zwei Drittel ihrer Zeit im Feengarten. Mein Freundeskreis schränkte sich deshalb bereits während meiner Zeit in der Zauberschule ein. Nach dem Unterricht verbrachten die meisten ihre Freizeit – wo? Im Feengarten. Natürlich gab es auch Unternehmungen der Schüler außerhalb des Gartens, aber auch diese waren mir verleidet, weil meine Mitschüler in ihrem Übereifer meist Teile des Waldes bereisten, in denen irgendwas Exotisches aus dem Boden spross. Nach der Rückkehr hingen sie in den Pausen wochenlang über Minigewächshäusern, die sie im Klassenzimmer verteilten. Alles drehte und dreht sich um diesen dämlichen Feengarten!«

Ellas Augen begannen wütend zu funkeln und ich vermutete, dass die Ursache ihres Problems noch ganz woanders lag. Als sie erneut Luft holte, um loszulegen, kam ich ihr zuvor.

»Ich kann verstehen, dass es für dich nicht einfach war

und womöglich auch ist, aber es ist auch nicht richtig, den Feengarten für alles verantwortlich zu machen. Jedes Mal, wenn Mila von ihm berichtet oder mich dorthin mitnimmt, leuchten ihre Augen. Es ist ihrer aller Hobby, auf freiwilliger Basis, und sie lieben diese Arbeit und die Aufgaben dort. Ich will nicht wie ein Verhaltenspsychologe klingen, aber ich denke, es kommt auch darauf an, wie man als Außenstehender damit umgeht. Hast du ihnen deine Abneigung demonstrativ gezeigt oder auch mal den einen oder anderen Blick ins Gewächshaus geworfen und dich nach den Fortschritten dort erkundigt? Schließlich profitieren wir alle davon. Das bedeutet im Umkehrschluss nicht, dass du dir selbst eine Schürze, eine volle Gießkanne und einen Kübel Erde schnappen sollst und voller Euphorie ein Teil dieses Systems werden musst. Nein, aber deshalb kann man trotzdem denjenigen gegenüber Interesse zeigen, die einem am Herzen liegen. Bestimmt hattest du Freundinnen dort, die ...«

»Schon gut. Der Punkt *Was hätte ich anders machen können und wie kann ich es wiedergutmachen?* ist in der Prioritätenliste seit meiner Diagnose weit nach unten gerutscht, wie du dir sicher vorstellen kannst. Wahrscheinlich ist es ohnehin viel zu spät dafür. Der zweite Punkt, von dem du wissen solltest, ist die *Sache* mit Lisandro. Die Kurzfassung dieses Kapitels lautet, dass er ebenso wie ich kein Freund des Feengartens war. Allein schon diese Tatsache verband uns, wir verbrachten viel Zeit miteinander, bis der Tag kam, an dem er sich von den anderen mitreißen ließ und fortan auch in die beliebte Lebensmittelbranche einstieg. Das ist jetzt über ein Jahr her. Es fing damit an, dass er sich immer seltener meldete und Treffen kurzfristig absagte. Als ich mitbekam, dass die Prinzessin ein Grund dafür war, traf es mich umso mehr. Ich war überzeugt, dass die Gefühle, die ich für ihn hegte, auf Gegenseitigkeit beruhten. Wie sich herausstellte, waren sie einseitiger Natur und er hat sich in Mila verliebt. Es hat mich sehr verletzt und ich habe mit allen Mitteln versucht, diese Beziehung zu unterbinden. Ich wollte Lisandro zurück.«

Ihr Blick verfinsterte sich, ehe sie weitersprach.

»Tatsächlich habe ich elf Monate lang um ihn gekämpft. Vergeblich. Letztendlich hat sich die vertraute Einsamkeit wieder in mein Leben geschlichen. Mag sein, dass ich es mir selbst zuzuschreiben habe und ich mir mit den anderen mehr Mühe hätte geben müssen ... Wie dem auch sei, ich beschloss jemanden zu suchen und in einem anderen Teil des Waldes neu anzufangen.«

Als ich mich nach diesem *Jemand* erkundigte, seufzte Ella und wich mir aus.

»Jemand, den ich jetzt dringender gebraucht hätte als je zuvor«, antwortete sie mit einem Anflug von Verzweiflung in der Stimme. Sie wirkte aber rasch wieder gefasst und erzählte weiter, dass ihr Plan von einem Neuanfang durchkreuzt wurde, als sie vor einer Woche ohnmächtig wurde. Es geschah, als sie gerade ihre Koffer packte. An diesem Tag war Ella mit Lisandro verabredet, weil sie sich von ihm verabschieden wollte. Deshalb war er es auch, der sie fand. Lisandro brachte sie zu den Trollen tief in den Wald, doch jede Hilfe kam zu spät. Die Trolle konnten mit ihren Heilkräften ihrer Erkrankung nicht entgegenwirken, denn diese war bereits zu weit fortgeschritten. Es handelte sich um eine seltene Erbkrankheit der Elfen. Sie wurde von Generation zu Generation weitergetragen, brach aber nur bei einem von vierzig aus. Bei dieser Krankheit starb der Körper nach und nach ab. Es fing bei winzigen Zellen an und hörte bei den Arterien und dem Herzen auf. Bis man das bemerkte, war es meist zu spät. Ellas Ohnmacht wurde durch den Befall des Gehirns ausgelöst. Das Gehirn verlor seine Härte. Es wurde schwammig und begann sich aufzulösen. Ein Zeichen, dass das Ende sehr nahe war. Da sie niemanden hatte, der ihr auf ihrem schweren Weg beistand, befolgte sie den Rat der Trolle und suchte das Sternenreich auf. Dort war sie wenigstens nicht allein und erhielt die nötige Unterstützung, um in Würde zu *gehen*.

»Seitdem bin ich hier und voraussichtlich wird mein Aufenthalt höchstens noch eine weitere Woche dauern. Wobei – das ist nicht ganz richtig. Einmal habe ich das Sternenreich noch verlassen. Für deine Hochzeit. Meine Kräfte waren so weit gefestigt, dass es für ein paar Stunden möglich war. Ich möchte nicht zu viel verraten, aber gewissermaßen stand und steht Lisandro in meiner Schuld. Ich wollte ihm, zum Abschied, eine Lehre erteilen und habe ihn gezwungen, als mein Begleiter dort zu erscheinen. Ich habe von ihm verlangt, dass er die Prinzessin keines Blickes würdigt. Das war mein letzter Wunsch. Wenn ich nicht glücklich war, sollte er es auch nicht sein. Und er wird es auch nicht werden, denn er kann Mila nicht die Wahrheit sagen, weil er sie sonst nie wiedersehen würde.«

Ein zufriedenes Lächeln huschte über ihr Gesicht und ich versuchte meine Wut zu unterdrücken. Womit hatte Ella Lisandro in der Hand, dass er sich selbst nach ihrem Wechsel in die passive Sphäre nicht mit Mila aussprechen konnte? Und warum wollte mir Ella das alles erzählen? Sie gab mir keine Antwort auf meine diesbezüglichen Fragen und ich stand auf und ging zur Tür.

»Du hast offensichtlich erreicht, was du wolltest, Ella, ich hoffe, du kannst nun deinen Frieden finden.«

»Halt, warte! Ich …«, rief sie, doch Eskebarn klopfte an die Tür und unterbrach sie. Er trat ein und meinte, dass es Zeit für Ella wäre, die von den Trollen gebrauten Tinkturen einzunehmen. Ella versuchte zu protestieren, doch er meinte, dass sie nun genug meiner Zeit in Anspruch genommen hatte und sich nicht weiter überanstrengen sollte. Etwas verstört verließ ich das Sternenreich und flog mit Lorenzo zurück in unser Schloss.

# 4. Kapitel

»Was?«, entfuhr es Mila. Sie hatte rot geränderte Augen und saß mir gemeinsam mit Cleopha gegenüber. Als wir im Schloss angekommen waren, hatte ich sie unverzüglich aufgesucht. Lorenzo wollte ich vorerst nicht einweihen, da Mila ihr Liebesleben hauptsächlich mir anvertraute und die Details nicht mit ihrem Bruder besprach. Was ich durchaus nachvollziehen konnte. Ich war deshalb auch froh, dass er mich während der Fahrt über weitere Einzelheiten der Sternenreichanlage, durch die er geführt worden war, und die anderen Bewohner informierte. Als er sich schließlich nach Ella erkundigte, erzählte ich ihm von der Elfenkrankheit.

»Also – es gibt ein Geheimnis, das nur Ella und Lisandro kennen. Es muss sich um etwas handeln, das Lisandro in gewisser Weise belastet. Er kann es Mila deshalb nicht erzählen. Das Positive an der Geschichte ist, dass wir jetzt Gewissheit haben, dass er Mila nicht betrogen hat«, fasste Cleopha zusammen. Mila lief im Raum auf und ab, und als sie sich an uns wandte, klang ihre Stimme immer noch brüchig.

»Wir müssen ihm helfen. Was auch immer es ist, es sollte geregelt werden, bevor Ella in die passive Sphäre aufsteigt. Wer weiß, welche Rolle sie dabei spielt.«

Grübelnd ließ sie sich in den Sessel fallen. Fieberhaft dachte ich nach. Es würde nicht einfach werden. Vor allem rannte uns die Zeit davon. Ich fuhr erschrocken hoch, als mir einfiel, dass mir Ella, bevor ich ging, noch irgendetwas hatte sagen wollen. In diesem Moment öffneten sich die Fensterflügel und mein Buch flog hindurch. Es schlug sich von selbst auf und landete in meinen Händen.

»Eine Nachricht kommt«, bemerkte Cleopha und schwebte in meine Richtung. Ein feiner, glitzernder Luftschleier stieg aus der Seite und die Buchstaben begannen auf magische Weise über der Seite zu tanzen. Cleopha reihte sich unter sie ein. Ein weiteres Mal wurden die Buchstaben durcheinandergewirbelt, ehe sie in ihr verschwanden und sie zu schreiben anfing.

*Ich brauche deine Hilfe,*
*Ella*

Mila schnaubte empört.

»Was bildet die sich ein? Ihr Schicksal tut mir wirklich leid, aber deshalb verzeihe ich ihr noch lange nicht, was sie Lisandro und mir angetan hat. Sie hat fast ein ganzes Jahr dazwischengefunkt und es vielleicht tatsächlich geschafft, dass wir keine gemeinsame Zukunft haben werden. Lisandro ist seit der Hochzeit unerreichbar. Ich habe mich erkundigt, er war heute auch nicht im Feengarten. Möglicherweise klärt sich das alles nie mehr auf. Sie erzählt dir das schadenfroh und erwartet nun großzügigen Beistand? Ich fasse es nicht!«

»Ich kann deine Wut verstehen, deshalb darfst du entscheiden, wie wir weiter vorgehen. Soll ich auf diese Nachricht reagieren? Dann wüssten wir zumindest, welche Art Hilfe sie braucht, und könnten abwägen, ob unsere Unterstützung auch Lisandro weiterhelfen könnte«, warf ich als Argument ein. Ich selbst war auch hin- und hergerissen. Natürlich stand Mila an oberster Stelle in meiner Zuneigung und ich würde ihr niemals in den Rücken fallen, andererseits waren Ellas Tage gezählt, und was auch immer sie wollte, konnte zu keinem späteren Zeitpunkt mehr nachgeholt werden.

»Schreib ihr. Ob ich möchte oder nicht, mich interessiert, was sie will«, entgegnete Mila und Cleopha begab sich auf ihre Position.

*Wobei?*, fragte ich. Es dauerte nicht lange, da fügten sich erneut die Buchstaben zusammen.

Ella: *Ich will leben.*

Ich: *Du bist durch die Pforte der Trolle gegangen. Ich kann dir meine Magie nicht anbieten, aber ich nehme an, das weißt du?*

Ella: *Natürlich bin ich mir dessen bewusst. Trotzdem glaube ich, dass du die Einzige bist, die mir hier hinaushelfen kann. Ich habe herausgefunden, dass mir statt eines Zaubers Blut helfen kann ...*

Ich: *Du willst MEIN Blut??*

Ella: *Nein. Ich brauche das Blut eines Verwandten. Es muss in meinen Kreislauf eingefügt werden, noch bevor die Wege zu meinem Herzen absterben. Nur so kann ich gerettet werden.*

Ich: *Wer ist dein Verwandter?*

Ella: *Silas. Bitte finde ihn!*

Entsetzt rissen Mila, Cleopha und ich die Augen auf und starrten uns an. Silas?

»Ella hat schon mitbekommen, dass er im ewigen Moor gefangen ist, oder?«, zischte Mila.

»Wie stellt sie sich das vor? Das ewige Moor ist kein Freizeitpark. So leicht ist das nicht. Man kann nicht einfach dorthin fahren, am Eingang ein Ticket kaufen und gemütlich durch das gefährliche Gebiet schlendern! Vielleicht schießen wir noch ein paar lustige Fotos von uns, bevor wir versinken und selbst nie wieder zurückkehren«, fügte sie aufgebracht hinzu.

»Irgendwie habe ich das seltsame Gefühl, dass sich Ella ihrer Sache sehr sicher ist«, bemerkte ich besorgt und schon schrieb sie wieder.

Ella: *Brauchst du eine Entscheidungshilfe?*

Gebannt beugten wir uns über das Buch, denn die Buchstaben wirbelten durcheinander und kündigten an, dass sie die Fortsetzung bereits formulierte.

Ella: *Wenn ich sterbe, stirbt auch Lisandro. Ich habe ihn gefangen genommen. Er ist an einem Ort, an dem ihr alle ihn niemals finden werdet. Bevor ihr aufbrecht, um mich mit Zaubern zu überschütten, bedenkt, dass ich nun, in diesem Zustand, vor Magie geschützt bin. Verschwendet die knapp bemessene Zeit demnach nicht damit. Folgendes Angebot: Sobald ich den ersten Tropfen Blut von Silas in meinem Kreislauf habe, verrate ich euch Lisandros Versteck. Also, wie lautet deine Entscheidung, Helena, Königin der Übernatürlichen?*

Erschrocken schlug ich mir die Hand vor den Mund. Mila wurde leichenblass und Cleopha blickte entgeistert zu uns auf. In diesem Moment kam die nächste Nachricht. Dieses Mal allerdings von Lorenzo:

*Liebste Helena, packst du deine Koffer selbst oder hext du sie fertig?*

Erneut schlug ich mir die Hand vor den Mund.

»Verdammt! Morgen würden unsere Flitterwochen losgehen. Wir wollten an einen ruhigen Ort des Waldes fahren und von dort aus die Welt in Visionen bereisen. Das habe ich in der Aufregung total vergessen.«

»Was machen wir denn jetzt?«, wollte Mila nervös wissen. Ihre Stimme war nahe am Kreischen. Ich versuchte meine Gedanken zu sortieren und mich zu konzentrieren.

»Wir treffen uns in einer Stunde wieder hier und machen uns auf die Reise. Auf die Reise zum ewigen Moor. Es bleibt keine Zeit für Nachforschungen zu Lisandros Aufenthaltsort, deshalb werde ich Lorenzo bitten, diese voranzutreiben. Wenn Ella lügt, können wir bestimmt noch rechtzeitig umkehren. Sobald wir aufbrechen, muss ein Aufruf gestartet werden und sämtliche Armeen und Übernatürliche sollen nach Lisandro suchen«, sagte ich. Cleopha und Mila nickten stumm. Als ich den Raum verließ, hielt mich Mila am Ärmel zurück.

»Danke«, hauchte sie.

Ich lief, so schnell mich meine Beine trugen, und spürte Lorenzo auf. Ich fand ihn in seinem altertümlichen Arbeitszimmer über Papiere gebeugt. Er erhob sich augenblicklich von seinem Stuhl, als ich eintrat und er meine Aufregung bemerkte.

»Um Himmels willen, was ist passiert?«

»Wir müssen unseren Urlaub verschieben«, keuchte ich und erzählte ihm, was geschehen war. Lorenzo brauchte ein paar Sekunden, bis er das Gehörte verdaut hatte.

»Das ist verrückt. Habt ihr euch Gedanken über die Konsequenzen gemacht? Was passiert, wenn Silas vorübergehend wieder frei ist?«

Ich wusste, dass er uns nicht so einfach gehen lassen würde. Flehend sah ich ihn an.

»Was wiegt schwerer auf der Waagschale? Entweder es sterben zwei Übernatürliche, darunter Lisandro, der deiner Schwester sehr viel bedeutet. Sie und wir alle werden dann nie wissen, was Lisandro widerfahren ist. Mila wird sich tieftraurig vom Leben zurückziehen und wahrscheinlich nie über Lisandros Verlust hinwegkommen. Oder wir wagen es. Selbst wenn wir scheitern, können wir wenigstens sagen, dass wir es versucht haben. Ich bin eine Hexe und Silas hat nur noch eine übernatürliche Seele und keine Kräfte mehr. Zudem sind wir in der Überzahl. Er kann uns nichts antun.«

»Es geht auch nicht nur um Silas. Das ewige Moor ist kein beschaulicher Rosengarten. In ihm lauern viele Gefahren. Über seine Gefährlichkeit gibt es Mythen, Sagen und Legenden. Keiner hat es je freiwillig aufgesucht«, entgegnete Lorenzo aufgebracht. Ich lehnte mich gegen den schweren, dunklen Holzschreibtisch, nahm seine Hände in die meinen und sah ihm tief in die Augen.

»Bitte! Lass uns gehen. Mir ist bewusst, dass es kein Spaziergang durch einen beschaulichen Rosengarten wird. Ich verspreche dir, dass wir umkehren, sobald es zu riskant für uns wird.«

Ich merkte, wie er innerlich mit sich rang. Es widerstrebte ihm, uns nicht begleiten zu können. Es durften nämlich niemals alle Mitglieder des Königsgeschlechts gleichzeitig zu einer solch extrem gefahrenreichen und unvorhersehbaren Mission aufbrechen, denn das würde bedeuten, dass – im Falle eines Falles – es keinen Nachkommen für das Geblüt geben würde.

»Und was ist mit mir? Wir wissen beide, dass ich nicht mit euch gehen kann«, fragte er niedergeschlagen.

»Du bist der Einzige, auf den ich mich hundertprozentig verlassen kann, und du übernimmst hier, außerhalb des Moores, einen ebenso wichtigen Part. Du leitest die Nachforschungen und kannst entsprechend den neuen Erkenntnissen die Übernatürlichen während der Suchaktion anweisen. Durch Cleopha bleiben wir stets in Kontakt. Vielleicht haben wir Glück und ihr findet Lisandro, noch bevor wir Silas aus dem Moor befreien. Auch wenn Ella *stirbt*, brauche ich eine verlässliche Quelle«, erwiderte ich. Es belastete mich mindestens genauso stark wie ihn, dass wir uns trennen mussten, aber ich hatte keine Wahl. Wir mussten Lisandro retten. Wir mussten es wenigstens versuchen.

# 5. Kapitel

Gequält verabschiedete ich mich nach einer Weile von Lorenzo. Anschließend eilte ich in den Ankleideraum und tauschte meine Kleidung gegen eine robuste Hose, Stiefel, die mir bis über die Knöchel reichten, ein Shirt und eine leichte Jacke. Danach lief ich in die Küche und schlang einen Teller mit kalten Spaghetti bolognese hinunter. Schließlich kam ich völlig außer Atem bei Mila und Cleopha an, die ebenfalls Vorbereitungen für die Reise getroffen hatten. Gemeinsam gingen wir nach draußen, zum Abflugplatz.

»Seid ihr bereit?«, fragte ich und wandte mich an Mila. »Ich schlage vor, du beamst uns zum ewigen Moor. Auf diese Weise verlieren wir keine Zeit und können sofort mit der Suche beginnen.« Ich nahm bereits die winzige Hand meiner Freundin in die meine und schloss meine Augen. Die Familie von Lorenzo und Mila besaß nämlich eine Art besonderes Gen. Sie konnten sich in Lichtgeschwindigkeit von einem Ort zum nächsten *transportieren*. Das war pro Sekunde eine Strecke von circa 300 000 Kilometern. Bis heute fällt es mir schwer, mir diese Schnelligkeit zu vergegenwärtigen, deshalb schließe ich beim Beamen stets die Lider. Ich bemerke dann diesen Vorgang kaum, außer manchmal einen leichten Windhauch. Jedoch hatte ich in diesem Augenblick das Gefühl, dass ich mich immer noch auf derselben Stelle befand. Vorsichtig öffnete ich meine Augen und sah, dass wir tatsächlich noch vor dem Schloss standen. Verwirrt blickte ich zu Mila.

»Äh, Helena, da gibt es ein Problem«, meinte diese zaghaft. Niedergeschlagen erklärte sie mir, dass das Beamen in diesem Fall nicht möglich war. Sie musste nämlich ihre Gedanken gezielt auf den Ankunftsort lenken und sich den Weg dorthin vorstellen können. Dazu war sie diesmal nicht in der Lage, weil sie noch nie auch nur ansatzweise in Richtung des ewigen Moors unterwegs war. Ich atmete tief durch und versuchte mich nicht entmutigen zu lassen, denn Mila brauchte eine starke Stütze an ihrer Seite.

»Oje, das habe ich überhaupt nicht bedacht. Wisst ihr was? Ich werde uns auch nicht dorthin hexen, sondern wir fliegen. Somit *sehen* wir den Weg und können ihn uns merken. Falls wir uns aus unerfindlichen Gründen verlieren, hat jeder von uns Anhaltspunkte für den Rückweg«, entgegnete ich. Trotz gebotener Eile war es wichtig, dass wir unsere Entschlüsse mit Bedacht trafen. Und dies war so eine wohlüberlegte Entscheidung. Mila war eine Fee mit den Anteilen einer Elfe. Es gab unterschiedliche Arten dieser Spezies. Die Art, zu der Mila gehörte, verfügte über Zauberkräfte. Jedoch konnten sie und ihre Artgenossen diese Gabe nicht automatisch in voller Kapazität nutzen. Sie musste erst erlernt werden. Manche erlangten die vollständigen Fähigkeiten erst im hohen Alter. Mila hatte die Mitte ihres Lebens noch nicht erreicht, was bedeutete, dass sie für viele Dinge ihre Zauberkräfte bereits nutzen konnte. In anderen waren ihr jedoch Grenzen gesetzt. Das betraf unter anderem das Fliegen. Für einen längeren Flug, in unserem Fall zum ewigen Moor und zurück, muss ein Zauber besonders lange wirken können. Dafür war ihre Gabe noch nicht stark genug ausgeprägt. Sollten sich unsere Wege im Moor wirklich trennen, würde Mila den Rückweg kennen. Sie brauchte nicht ziellos umherzuirren und ihre Kräfte zu vergeuden, sondern konnte eigenständig, teils zu Fuß, teils fliegend, zum Schloss zurückkehren.

»Wir werden eine weite Strecke zurücklegen müssen. Damit du, Mila, deine Kräfte nicht schon vor Erreichen des Moores gänzlich verausgabst, werde ich Runa bitten, dich zum ewigen Moor zu bringen«, informierte ich die anderen. »Runa kann anschließend zu Lorenzo zurückfliegen und ihn über den genauen Standort informieren, von dem aus wir losmarschieren«, fügte ich hinzu. Cleopha bot an, Runa zu holen. Ehe wir uns versahen, schwebte sie kurze Zeit später mit der imposanten Schneeeule im Schlepptau auf den Abflugplatz zu.

»Also gut, es kann losgehen«, bestätigte Cleopha. Runa neigte sich zu uns und Mila kletterte auf ihren gewaltigen Rücken. Auf mein Zeichen hin setzten sich die gigantischen Flügel in Bewegung.

»*Ut nos in via*«, wisperte ich konzentriert. Augenblicklich erschien vor uns ein dünnes pastellblaues Lichtband. Es diente uns als eine Art erweiterter Kompass mit einem magischen Wegweiser. Am Ende der Linie befand sich das ewige Moor. Ich schloss meine Augen und dachte an meinen Besen. Im nächsten Atemzug kam er angebraust und schnellte von selbst in meine Hand. Ich stieg auf. Gerade als ich einen weiteren Spruch aufsagen wollte, hörte ich ein Flüstern.

»Pass auf dich auf.«

Es war Lorenzo. Es war eine seiner besonderen vampirischen Fähigkeiten. Mochte er auch noch so weit entfernt sein, er konnte steuern, wer und in welcher Lautstärke seine Worte hörte. Ich wandte mich um und blickte an der steinernen Schlossmauer empor. Im Mondlicht erkannte ich seine Umrisse an einem schmalen Fenster. Er hob die Hand und ich vermisste ihn mit einem Schlag unglaublich, obwohl die Reise noch nicht einmal begonnen hatte.

»Helena, ist alles in Ordnung?«, erkundigte sich Mila und ich nickte.

»Ja. Fliegt los. Ich hole euch gleich ein.«

Leise murmelte ich meinen Hexenspruch und hob ab. Ich flog hoch in die Luft und umkreiste einige Schlosstürme. Schließlich näherte ich mich dem Fenster, an dem Lorenzo stand. Er strich mir mit seiner Hand liebevoll und mit besorgter Miene über die Wange. Je nach Emotion war seine Körpertemperatur kalt wie die eines Vampirs oder warm wie die eines Drachens. In diesem Augenblick war sie Ersteres und ich bekam eine Gänsehaut.

»Du sollst wissen, dass ich deine Fähigkeiten nicht in Frage stelle und dass ich dir genauso vertraue wie du mir«, beteuerte er.

»Ich werde mein Wort halten. Wir wissen nicht, was uns erwartet, aber sollte uns unmittelbare Gefahr drohen, brechen wir die Unternehmung ab«, beteuerte ich noch einmal und er lächelte schief.

»Danke, Helena, dass du nun bereits zum zweiten Mal für meine Schwester dein Leben aufs Spiel setzt.«

»Warten wir ab, was auf uns zukommt! Seit ich Mila geholfen habe, wieder in den Wald ins übernatürliche Königreich zurückzukehren, ist viel passiert. Ich habe eine Welt betreten, von der ich nicht im Geringsten ahnte, dass sie mitten auf unserer Erde existiert. Ich durfte meine verstorbene Großmutter noch ein letztes Mal sehen und habe herausgefunden, dass ich zur Gründerblutlinie der primum maleficis gehöre. Ich habe erfahren, dass ich eine Hexe bin und vor allem habe ich drei wundervolle *Kreaturen* kennengelernt, die mir lieb und teuer geworden sind. Dich, Mila und Cleopha. Schließlich habe ich mich entschieden, meiner Bestimmung zu folgen und bei euch zu bleiben. Wobei ich vermute, dass in diesem Fall die Auswirkungen meiner Entscheidung nicht überwiegend positiv ausfallen werden«, fügte ich angespannt hinzu. Noch am Morgen war ich erleichtert gewesen, dass mich Silas in meinen Albträumen nicht mehr verfolgte, und nun würde ich nach ihm suchen. Als hätte Lorenzo meine Gedanken gelesen, versicherte er mir, dass ich mir Silas' wegen nicht den Kopf zu zerbrechen brauchte.

»Er ist nicht mehr in der Lage, dir etwas anzutun«, versicherte er mir. »Sobald er seine Schuldigkeit getan hat, verbannst du ihn wieder ins ewige Moor. Eines musst du mir noch versprechen. Lass dich nicht von ihm täuschen. Jahrelang habe ich nicht bemerkt, dass seine Freundschaft mir gegenüber nicht echt war. Er beherrscht die Kunst, nach außen als harmloses Schaf zu erscheinen. Innerlich jedoch steckt in dem vermeintlichen Schafsfell ein bösartiger Wolf.«

»Das werde ich niemals vergessen. Bis bald, Lorenzo. Ich liebe dich«, brachte ich hervor, während mir eine Träne über die Wange kullerte. Er gab mir einen liebevollen Kuss und ich steuerte meinen Besen in Richtung Norden. Ich folgte dem Lichtband und holte die anderen rasch ein. Ich ließ es mir nicht nehmen, selbst zu fliegen. Ich genoss die Aussicht, den sanften Fahrtwind und das unglaubliche Gefühl der grenzenlosen Freiheit.

Die ganze Nacht dauerte unsere Luftreise. Zwischendurch machten wir kleine Pausen, damit Runa sich stärken konnte, indem sie aus verzauberten Quellen trank. Das Wasser wurde für alle Tiere und Bewohner des Waldes mit Magie versehen. Es enthielt alle wichtigen Nährstoffe. Die bewohnten Teile des Waldes ließen wir schon bald hinter uns. Danach überflogen wir ein kilometerweites Blätterdach. Das faszinierte mich sehr, denn aus Menschensicht ist die »Vampirische Region« auf der Landkarte ein winziger Fleck. Nie würde man das gewaltige Ausmaß dieses

Territoriums erwarten. Ganz abgesehen von der dort wirkenden Magie und den unterschiedlichsten Wesen, die dort hausen. Nachdem die Bäume lichter geworden waren und der Sternenhimmel heller, überquerten wir ein bis zum Horizont reichendes Sumpfgebiet.

»Da vorne müsste es sein!«, rief Cleopha nach einer Weile und tatsächlich schien es so, als würde in nicht allzu großer Entfernung die leuchtende Lichtschnur enden. Mila zauberte sich ein Fernglas herbei und bestätigte unsere Vermutung. Sie informierte uns außerdem, dass sich am Ende der Schnur ein Torbogen befand. Wenige Minuten später, als die ersten Sonnenstrahlen auf uns fielen, landeten wir. Weit und breit war nichts zu sehen – außer dem besagten Torbogen.

»Das muss er sein. Der Eingang zum ewigen Moor«, bemerkte Mila und ich musterte das Tor. Es wirkte alt und bestand aus steinernem Material. Um die Torpfeiler herum schlängelten sich außergewöhnliche Pflanzen und an einem von beiden war eine flackernde Laterne befestigt.

»Seid ihr bereit?«, erkundigte sich Cleopha und schwebte in die Richtung des Eingangs. Mila und ich sahen uns an und nickten. Bevor ich den ersten Schritt über die Schwelle tat, wandte ich mich um und schickte Runa zurück zu Lorenzo. Die Schneeeule gehorchte und flog davon.

»Kommt, gehen wir los«, sagte ich, als sich ihre Umrisse in der Ferne verloren, und schritt nervös durch den Torbogen. Jenseits des Tores veränderte sich mit einem Mal die Umgebung. Der zuvor wolkenlose Himmel und die vordem mehrfarbige Vegetation wurden abgelöst von einer verwunschenen Landschaft in Endzeitstimmung. Ein fauliger Geruch lag in der Luft. Kahle Bäume reckten ihre schwarzen Äste zwischen Nebelschleiern in den düsteren Himmel. Wir konnten kaum den Boden erkennen, auf dem wir gingen. Vorsichtig setzte ich einen Fuß vor den anderen. Es kam mir so vor, als würde ich mich auf einem Schwamm fortbewegen, der mit Wasser vollgesogen ist. Bei jedem meiner Schritte vernahm ich ein lautes Schmatzen. Mila ging geräuschlos neben mir her, da sie mit ihrem geringen Körpergewicht kaum einen Widerstand auf dem Moorboden verursachte.

»Meint ihr, wir kommen hier jemals wieder heraus?«, grübelte Mila laut. Cleopha ließ sich auf ihrer Schulter nieder und setzte eine wissende Miene auf.

»Bei allem, was ich je über das ewige Moor gehört habe, war eines immer gleich. Nämlich, dass der Ausgang nie denjenigen versperrt ist, die freiwillig das Gebiet aufgesucht haben. Was jedoch im Moor selbst passiert, welche Gefahren in ihm lauern, ist ein anderes Thema …«

»Das beruhigt mich sehr, Cleopha!«, entgegnete Mila gespielt empört und fragte, ob wir Erkennungszeichen an unserem Weg anbringen sollten. Anhand dieser Spur könnten wir auf unserem Rückweg den Ausgang wiederfinden, falls unsere Zauberkräfte versagen würden.

»Du meinst, ganz klassisch mit Brotkrümeln wie bei Hänsel und Gretel?«, fragte ich schmunzelnd.

»Das wäre keine gute Idee. Im Märchen wurden die Brotkrümel von Vögeln aufgepickt und die beiden Kinder verirren sich daraufhin. Wer weiß, was im Moor für gruselige Wesen hausen und wovon sie sich ernähren. Lassen wir es lieber und verschwenden unsere Zeit nicht mit Grübeln darüber«, entgegnete sie. Langsam schritten wir voran. Ab und an hatte ich das Gefühl, dass geisterhafte Schatten zwischen den Bäumen umherhuschten. Plötzlich blieb Mila stehen.

»Warte mal, Helena. Wie könnte Silas überhaupt das ewige Moor verlassen? Cleopha meinte, nur wer es freiwillig betritt, kommt wieder raus.«

»Kurz bevor Evolet in die passive Sphäre aufstieg, habe ich an einer Versammlung des Zirkels teilgenommen«, erklärte ich. »Ein wichtiges Thema bildete natürlich die Verbannung von Silas. Wie ihr wisst, habe ich eine schwere Zeit durchgemacht. Ich musste mich erst selbst finden und damit zurechtkommen, dass ich den Wald nie mehr verlassen würde. Hinzu kam die Vorstellung, was um ein Haar geschehen wäre, wenn wir es nicht rechtzeitig geschafft hätten, die Pläne von Silas zu durchkreuzen. Evolet hat versucht, mir zumindest einen Teil meiner Ängste zu nehmen, indem sie mir versicherte, dass Silas im ewigen Moor gefangen ist und bleibt. Ich alleine habe die Macht, darüber zu entscheiden, ob er jemals wieder einen Fuß in die restliche übernatürliche Welt setzen wird. Evolet meinte, jemand, der hier gefangen ist, kommt nur durch die Hand wieder heraus, durch die er hineingekommen ist. Im Fall von Silas sind das die primum maleficis und ich. Da sich die primum maleficis hauptsächlich in ihrem übernatürlichen Grab aufhalten, bleibe nur noch ich übrig, die das entscheiden kann. Ich war zwar an dem Zauber nicht unmittelbar beteiligt, aber dadurch, dass ich die Position von Evolet eingenommen habe, wurde diese Macht auf mich übertragen. Ein wenig hat mich diese Tatsache auch beruhigt«, erklärte ich. Mila sah mich mitfühlend an.

»Und jetzt wird alles wieder aufgewühlt, nachdem du gerade angefangen hast, all das Geschehene zu verarbeiten. Es tut mir so leid. Ich hätte Lisandro einfach schon viel früher fragen sollen, wie es um unsere Beziehung steht. Dann wäre ...«

Warmherzig unterbrach ich sie.

»Mach dir keine Gedanken, Mila. So etwas kann man vorher nicht ahnen. Was geschehen ist, ist geschehen und wir können es nicht mehr ändern. Und du weißt, dass es mir ein Herzensanliegen ist, dir zu helfen. Es geht schließlich um Leben und Tod.«

»Ich hoffe, dass unsere Bemühungen nicht umsonst sind und wir es rechtzeitig schaffen, Lisandro zu retten«, seufzte sie. Siegessicher flog Cleopha an uns vorbei.

»Wenn wir drei das nicht schaffen, wer sonst?«

»Stimmt«, antworteten Mila und ich wie aus einem Munde und konzentrierten uns wieder auf die sumpfige Erde unter unseren Füßen. Zweimal blieb ich mit meinen Stiefeln hängen und versank bis zu den Knöcheln. Beide Male hielt ich mich an den Ästen eines Baums fest und zog meinen Fuß samt Stiefel wieder heraus. Eine Masse aus braunem Schlamm und toten Pflanzenteilen blieb an meinem Schuhwerk hängen.

»Wenn das noch einmal passiert, gehe ich barfuß weiter«, verkündete ich und die beiden kicherten. Es gibt zwar angenehmere Vorstellungen, als Matsch zwischen seinen Zehen zu spüren, aber wenigstens würde ich besser vorwärtskommen. Während wir uns wegen der mangelhaften Sicht und des morastigen Grundes nur schleppend vorantasten konnten, riefen wir alle paar Meter Silas' Namen. Ohne Erfolg.

»So kommen wir nicht weiter«, stellte ich nach einigen Stunden schließlich fest.

»Da gebe ich dir recht. Hast du einen Vorschlag, wie wir Silas schneller aufspüren können?«, fragte Cleopha und schwebte vor mir auf und ab.

»Ich weiß nicht, wie das ewige Moor auf Magie reagiert, aber ich könnte zumindest versuchen den Nebel verschwinden zu lassen«, erwiderte ich.

»Natürlich, warum sind wir nicht schon früher auf diese Idee gekommen?«, erkundigte sich Mila zuversichtlich.

»Zu unserem Schutz. Sobald wir Magie anwenden, werden wir auffallen. Da wir nicht wissen, was oder wer sich im Moor verbirgt, wollten wir es weitestgehend vermeiden. Aber ich denke, wir haben keine Wahl. Die Zeit sitzt uns im Nacken.«

Zustimmend sahen mich Mila und Cleopha an.

»Also gut, dann spreche ich jetzt den Zauber«, sagte ich und ließ mit pochendem Herzen meine Lider sinken.

»*Sit evanescet in nebula*«, wisperte ich und mit dem nächsten Wimpernschlag löste sich der Nebel in Windeseile auf. Der Anblick, der sich uns danach allerdings bot, bewirkte, dass sich uns die Nackenhaare aufstellten. Entsetzt rissen wir die Augen auf.

# 6. Kapitel

Zwischen tümpelartigen Wasserpfuhlen, die teilweise dampften, quollen Skelette und noch in Verwesung begriffene Körper von Lebewesen aus dem Boden. Das erklärte den mitunter unvergleichlich fauligen Geruch. Ich unterdrückte ein Würgen. Cleopha hielt sich ihre winzige Hand vor den Mund und Mila drehte sich fassungslos einmal um ihre eigene Achse.

»Oh mein Gott! Die Skelette und Leichen liegen überall verteilt. Bei keinem meiner bisherigen Schritte habe ich Derartiges wahrgenommen und ihr wisst, wie nahe ich durch meine geringe Größe dem Erdboden bin! Wie konnten wir diese Hinterlassenschaften des Todes in den letzten Stunden bloß übersehen?«

»Eine Erklärung könnte sein, dass die Toten erst durch Helenas Zauber sichtbar wurden«, vermutete Cleopha. Weiter kamen wir mit unseren Gedankengängen nicht, denn plötzlich berührte mich etwas an den Beinen. Ich hüpfte einen Schritt zurück. Ein Skelett, das kaum mehr fleischliche Überreste an sich trug, begann sich aus dem Schlamm zu schälen. Starr vor Schreck mussten wir beobachten, wie es sich langsam aufrichtete und den Kopf in unsere Richtung wandte. Mit einem knackenden Geräusch streckte es die Arme nach mir aus. Augenblicklich wurde ich wieder Herrin meiner Sinne.

»Lauft!«, schrie ich und wir rannten so schnell, wie es der morastige Grund erlaubte, kreischend davon. Ich wagte es nicht, mich umzusehen, und betete, dass nicht allen Knochen Leben eingehaucht wurde. Sonst würden wir uns bald in einem Szenario wie in einem Zombiefilm wiederfinden.

Eine gefühlte Ewigkeit lang hasteten wir quer durch das Moor, bis Cleopha uns schließlich bremste.

»Stopp! Ihr könnt stehen bleiben. Wir sind nun weit genug von diesem furchterregenden Gerippe entfernt.«

Das ließen wir uns nicht zweimal sagen. Keuchend hielt ich mich an einem Baumstamm fest.

»Glaubt ihr wirklich, dass das Erscheinen der Toten eine Nebenwirkung des Zaubers ist?«, fragte ich die beiden, noch immer außer Atem. Mila schien auch ein wenig aus der Puste zu sein, denn sie ließ sich erschöpft auf dem schlammigen Boden nieder. Dank unserer Übernatürlichkeit erholten wir uns zügig und unser Herzschlag normalisierte sich wieder.

»Das ist die einzig logische Erklärung«, lautete Cleophas Antwort.

»Warum sollten sonst urplötzlich die verstorbenen Wesen auftauchen?«

Mila und ich nickten zustimmend. Es konnte wirklich nur die Magie dafür verantwortlich sein. Ich musste eine Konsequenz daraus ziehen. Sie würde Mila nicht gefallen, aber die Entscheidung war unumgänglich. Bedrückt wandte ich mich an sie. Ich kniete mich vor sie hin, wodurch sich meine Hose mit einer kalten breiigen Flüssigkeit vollsog.

»Mila, ich muss dich bitten, zum Schloss zurückzukehren. Ab hier wird unser Unterfangen für dich zu gefährlich. Um Silas zu finden, muss ich weitere weitreichende Zauber sprechen. Da wir die Folgen nicht abschätzen können, ist es für dich nicht mehr sicher genug. Ich kann nicht mehr für deine Unversehrtheit garantieren. Im Notfall kann ich mich wehren und Cleopha kann sich in Luft auflösen, aber deine Kräfte sind noch nicht stark genug. Wir wissen, dass sie vor allem in Stresssituationen durcheinandergeraten, wie einst beim Beerensammeln, als du von Maximilian Wagner überrascht wurdest.«

In aller Deutlichkeit erinnerte ich plötzlich mich wieder an die schicksalhaften Umstände, unter denen ich Mila zum ersten Mal begegnet war. Es geschah in einer Vollmondnacht. Mila hatte an der Grenze der übernatürlichen zur »realen« Welt Kräuter gesammelt. Zuvor hatte sie genauestens geprüft, ob sich ein Mensch in der Nähe des Waldes aufhielt. In der Nähe des magischen Bandes, an der Grenze, wachsen nämlich die größten und schönsten Beeren und Kräuter. Der Boden dort ist sehr fruchtbar und bei Vollmond werden die Güter geerntet. In jener Nacht pflückte sie einen Korb voller Früchte und Pflanzen. Als sie fertig war und zu einer Hütte, in der die Ernteguter gelagert wurden, zurückkehren wollte, passierte es. Als sie sich konzentrierte, um den Zauber zu sprechen, der ihre Flügel wachsen lässt, bemerkte sie viel zu spät, dass sich ihr ein Mensch näherte. Der wütende Mann leuchtete mit einer Taschenlampe ins Innere des Waldes. Es war Maximilian Wagner, ein skeptischer Hotelgast. Er hielt die Existenz der »Vampirischen Region« für ein erfundenes Konzept, einen Werbegag von findigen Geschäftsleuten, das Besucher in den vorher touristisch wenig erschlossenen Landstrich Italiens locken sollte. Seiner Meinung nach hatte diese Lügengeschichte einzig und allein den Zweck, den Touristen das Geld aus der Tasche zu ziehen. Ein Streit mit seiner Verlobten veranlasste ihn in dieser Nacht, den legendenumwobenen, verbotenen Wald zu betreten. Er wollte ihr beweisen, dass die Gruselgeschichten nicht der Wahrheit entsprachen. So traf er auf Mila. Er durchbrach die Grenze, nicht ahnend, dass das sein Todesurteil war, rannte auf sie zu und packte sie. Mila war wie gelähmt. Zunächst war sie nicht in der Lage zu reagieren, dann verwechselte sie in ihrer Panik die Wörter für den rettenden Zauberspruch. Maximilian Wagner, der selbst schon mit dem Tode rang, gelang es dennoch, sie durch das Band, das die übernatürliche Welt umschließt, zu zerren. Damit war ihr Schicksal besiegelt und im Nachhinein betrachtet auch meines.

»Helena hat recht. Hier lauern Gefahren, die man nicht abwägen kann. Es ist zu unsicher für dich im ewigen Moor. Es wäre nicht auszudenken, wenn du von dieser Reise nicht mehr zurückkehren würdest. Das würde Lisandro auch nicht wollen«, bekräftigte Cleopha meine Bitte und strich mit ihrem Flaum sanft über Milas Gesicht. Mila lief eine schimmernde Träne über die Wange und sie sah mich mit großen Augen an.

»Aber ihr seid doch meinetwegen hier! Es fühlt sich nicht richtig an, wenn ich euch hier zurücklasse.«

»Du würdest dasselbe umgekehrt auch für uns tun. Mach dir keine Gedanken und vertraue mir. Es wird nicht lange dauern, bis wir ebenfalls die Rückreise antreten. Hoffentlich mit Silas im Gepäck. Lasst uns Lorenzo eine Nachricht schreiben. Er soll uns Runa senden, damit sie dich abholt. Morgen früh wäre sie hier. Sobald du den Ausgang vom ewigen Moor passiert und die Gefahrenzone verlassen hast, setze ich meine Hexerei fort. Cleopha und ich werden versuchen Silas so schnell wie möglich dingfest zu machen, um selbst diesem schaurigen Ort zu entkommen«, entgegnete ich. Mila rang sichtlich mit sich selbst. Schlussendlich stimmte sie jedoch zu.

»Es fällt mir schwer, mich mit diesem Gedanken anzufreunden ... Ich werde tatenlos herumsitzen, während ihr mit vollem Einsatz für die Befreiung Lisandros kämpft. Auf der anderen Seite möchte ich diese auch keinesfalls gefährden, weil ihr Rücksicht auf mich nehmen müsst. Deshalb bin ich einverstanden. Aber bitte versprecht mir, dass auch ihr den Rückzug antreten werdet, sobald es kritisch wird.«

»Indianerehrenwort«, meinte Cleopha feierlich. Schmunzelnd zog ich die Brauen zusammen.

»Wie kommst du denn auf dieses Wort?«

»Sagt man das etwa nicht so bei euch? Ich habe gehört, dass Menschen diesen Ausdruck benutzen, um einem Versprechen noch mehr Bedeutung zu verleihen«, erwiderte meine Feder verwirrt und ich lachte.

»Mich würde einmal interessieren, aus welchen Quellen ihr Übernatürlichen euer Wissen über die Menschen bezieht. Ich selbst habe auch hin und wieder jemandem mein *Indianerehrenwort* gegeben, aber das war eher im Kindergarten oder in der Grundschule. Wenn Jugendliche oder Erwachsene hingegen diese Bekräftigung gebrauchen würden, würde das ziemlich seltsam rüberkommen.«

Als langsam die Dämmerung über das ewige Moor hereinbrach, beschlossen wir Lorenzo zu schreiben. Das Buch manifestierte sich, schlug wie von Zauberhand eine Seite auf und ich konnte die Nachricht verfassen.

*Lieber Lorenzo,*
*bisher haben wir keine Spur von Silas entdeckt. Dicker Nebel verwehrte uns die Sicht, bis ich gehext habe ... Mit Schrecken mussten wir feststellen, dass der Gebrauch eines Zaubers im Moor Unerwartetes auslöst. Da wir ohne Magie nicht weiterkommen, haben wir beschlossen, dass Mila den Rückweg antreten soll. Sie ist das schwächste Glied von uns dreien und kann sich am wenigsten der Gefahren erwehren. Bitte sende uns Runa, um Mila abzuholen. Sie wird eine Nacht für den Flug brauchen. Gibt es bei dir Neuigkeiten?*
*Deine Helena*

Wir mussten nicht lange auf eine Antwort warten. Schon bald bildete sich der altbekannte feine und glitzernde Luftschleier. Kleingeschriebene sowie großgeschriebene Buchstaben begannen auf magische Weise über der Seite zu tanzen. Cleopha reihte sich bei ihnen ein. Ein weiteres Mal wurden die Buchstaben durcheinandergewirbelt, ehe sie in Cleopha verschwanden und sie zu schreiben anfing.

*Liebste Helena,*
 *ich habe sofort Runa herbeiholen lassen, sie ist bereits zu euch unterwegs. Erneut möchte ich auch dich bitten, das ewige Moor sofort zu verlassen, wenn dir die Gefahr zu groß erscheint. Wahrscheinlich verdrehst du in diesem Moment die Augen, weil dir Mila gerade dasselbe Versprechen abgenommen hat, habe ich recht? ☺ Trotzdem, es ist mir ernst. Ich habe keine Vorstellung davon, was geschehen ist, als du den Nebel zum Verschwinden gebracht hast, aber es muss gravierend gewesen sein, wenn nun meine Schwester das verwunschene Territorium verlässt. Seid auf der Hut und schützt euch.*
 *Ich kann dir keine negative und auch keine positive Neuigkeit vermelden. Ella weilt nach wie vor im Sternenreich. Sie schweigt weiterhin verbissen über den Verbleib von Lisandro und ihr Zustand ist glücklicherweise unverändert. Sämtliche Übernatürliche sind meinem Aufruf gefolgt. Jeder Winkel unseres übernatürlichen Reichs wird durchkämmt. Bisher erfolglos. Selbst Ortungszauber schlagen unerklärlicherweise fehl ...*
 *Ich freue mich, wenn ich dich wieder unversehrt in meine Arme schließen kann.*
 *Dein Lorenzo*

»Natürlich ist es bedauerlich, dass es nichts Neues in Bezug auf die Suche nach Lisandro gibt, aber entscheidend ist auch, dass es Ella den Umständen entsprechend gut geht. Sie ist es, von der alles abhängt. Insofern hat Lorenzo doch gute Neuigkeiten für uns«, kommentierte Cleopha und wir stimmten ihr zu. Ich bat meine Feder, Lorenzo noch einmal zu antworten, bevor wir ein Nachtlager errichteten.

*Ja, du behältst Recht.* ☺ *Mila kann dir morgen von den Einzelheiten berichten. Ich hoffe sehr, dass wir herausfinden, was hinter alldem steckt, bevor es zu spät ist …*

*Bis bald, ich kann es auch kaum mehr erwarten, dich wiederzusehen.*

*Deine Helena*

»Ihr braucht eure Kräfte für morgen, deshalb werde ich nicht schlafen und Wache halten. Falls ich eine Gefahr wittere, gebe ich euch ein Signal«, schlug Mila vor und wir nahmen ihr Angebot dankend an. Inzwischen lag das Moor fast vollständig im Dunkeln. Nur der Mond erhellte das Gebiet schwach und warf gespenstische Schatten. Wir drei waren uns einig, dass wir ohne eine zusätzliche Lichtquelle keinesfalls hier nächtigen wollten. Trotzdem kostete es Mila jede Menge Überzeugungskraft, bis ich ihr gestattete, ihre Magie einzusetzen. Ihre Theorie lautete, dass ein verhältnismäßig kleiner Zauber, der nur wenig Magie erforderte, auch einen geringeren Tribut fordern würde.

»Also gut. Das sollte aber die letzte Zauberei sein, während du dich im ewigen Moor aufhältst«, mahnte ich. Eifrig sammelte Mila daraufhin einige Stöcke und Äste auf und türmte sie zu einem Haufen auf. Anschließend berührte sie die Holzstücke mit ihren Fingerspitzen und Funken entzündeten das Lagerfeuer. Gebannt warteten wir auf etwaige Folgen. Und tatsächlich ließen diese nicht lange auf sich warten. Als das Feuer auflohte, verschwanden auf einen Schlag sämtliche Bäume um uns herum und eine bedrohliche Stille legte sich über die vom Tod gezeichnete Landschaft des ewigen Moors.

»Das mit dem *geringeren Tribut* kann man jetzt sehen, wie man will. Ursprünglich hätten uns die Bäume als Schutz dienen sollen. Dennoch bin ich froh, dass durch den Zauber keine gruseligen Gestalten zum Leben erweckt wurden«, sagte ich mit einer Spur Erleichterung in der Stimme. Ich machte es mir, soweit es möglich war, neben dem flackernden, wärmenden Lagerfeuer bequem. Cleopha und Mila suchten sich einen Platz in meiner Nähe und recht bald fielen mir die müden Augen zu.

Im Morgengrauen erwachte ich vom Krächzen einiger Raben. Benebelt vom Schlaf kniff ich die Augen mehrmals zusammen und blickte zum Himmel auf. Mit Verwunderung stellte ich fest, dass dort keine Krähenvögel zu sehen waren.

»Guten Morgen, Helena. Ist alles in Ordnung?«, erkundigte sich Mila. Ich richtete mich auf und sämtliche Knochen schmerzten von dem harten Nachtlager. Ich gab einen leisen Schmerzenslaut von mir und sah mich nach Mila um. Sie saß auf einem der gesammelten Äste neben Cleopha und ließ ihre Füße herunterbaumeln. Was war mit den beiden geschehen? Ich musste zweimal hinsehen, um sicherzugehen, dass ich richtig sah. Die Haare von Mila leuchteten in schillernden Regenbogenfarben und Cleophas Flaum war violett eingefärbt. Ich schnappte nach Luft, aber Mila kam mir eilig und abwinkend zuvor.

»Warte, bevor du dich aufregst. Nein, ich habe nicht noch einmal gezaubert. Als der Mond am höchsten stand, ist es passiert. Einfach so.«

Verblüfft fasste ich mir in meine eigenen Haare. Ich nahm

eine Strähne in die Hand und beäugte sie prüfend. Alles beim Alten. Cleopha schmunzelte.

»Wir haben dich in den letzten Stunden genauestens beobachtet, aber du wurdest offenbar verschont. Ich denke, hier im Moor herrscht mehr Magie, als wir uns alle vorstellen können.«

»Sobald ich die Gelegenheit dazu habe, werde ich die primum maleficis mit Fragen über das ewige Moor löchern«, versprach ich. Einen Wimpernschlag später fiel mein Buch aus dem Nichts in meinen Schoß. Cleopha schwebte zu mir herüber. Nach dem vertrauten Ablauf erschien eine Nachricht von Lorenzo auf der Seite.

*Liebste Helena,*
*ein Elf aus der königlichen Garde hat Runa mit seiner magischen Feder zum Eingang des ewigen Moors begleitet. Soeben erreichte mich die Nachricht, dass sie am Portal angekommen sind.*
*Dein Lorenzo*

# 7. Kapitel

Eilig machten wir uns auf den Weg zum Ausgang. Ich drückte Mila zum Abschied fest an mich und Cleopha strich ihr mit ihrem immer noch irritierend gefärbten Flaum über ihr Gesicht.
»Hey, das kitzelt!«
Lachend wandte sich Mila ab und Cleopha meinte, dass nun wenigstens keine Zeit mehr für Tränen sei.
»Kommt, machen wir es kurz und schmerzlos«, schlug ich vor und die beiden nickten zustimmend.

Nachdem Mila durch den Ausgang geschritten war, sahen Cleopha und ich uns hoffnungsvoll an.
»Es kann losgehen«, sagte ich,
»Was hast du vor?«
»Ursprünglich wollte ich Silas direkt vor unsere Füße hexen, aber ich denke, das sollte ich unterlassen. Jemanden auf diese Weise zu *verfrachten,* erfordert viel Magie. Stattdessen werde ich Duftstoffe aussenden, die ihn anlocken werden. Bist du bereit?«
»Bereit, wenn du es bist«, zitierte Cleopha Gwendolyn aus der Edelsteintrilogie.
Ich lächelte und im selben Moment spürte ich Anspannung in mir aufsteigen. Bald würde ich Silas wiedersehen. Mit pochendem Herzen schloss ich die Augen und sprach den Zauber. Wie bereits am Abend zuvor, als Mila ihren Zauber gesprochen hatte, trat daraufhin eine bedrohlich wirkende Stille ein. Mit einem Mal kreisten Raben über uns. Alarmiert sah ich nach oben und anschließend zu Cleopha.

»Sag mir bitte, dass du sie auch sehen kannst.«

»Natürlich, warum fragst du?«

»Heute Morgen bin ich vom Krächzen solcher Raben aufgewacht, aber seltsamerweise scheinen Mila und du sie nicht bemerkt zu haben. Ich wollte euch noch darauf ansprechen, aber eure optische Veränderung hat mich abgelenkt. Warte mal. Irgendwie kommen mir die Raben bekannt vor. Auf den ersten Blick sehen sie aus wie gewöhnliche Raben, aber das täuscht und ich bin sicher, dass ich sie schon irgendwo anders gesehen habe.«

Fieberhaft überlegte ich, wo das gewesen sein könnte.

»Ich weiß, wo es gewesen sein könnte!«, rief Cleopha.

»Erinnerst du dich noch an deinen Traum von deiner Oma? Wir befanden uns zu diesem Zeitpunkt noch im Hotel deines Onkels Leopold und seiner Frau Sophia.«

»Natürlich! Stimmt, daher kenne ich sie!«

Es war kein Traum, nach dem man beschwingt in den Tag startet. Sondern einer von der Sorte, aus dem man mit pochendem Herzen erwacht und nach Sekunden erleichtert feststellt, dass man nach wie vor in seinem Bett liegt. Ich hatte es meinen Verwandten verschwiegen, aber zu diesem Zeitpunkt suchte mich zwischendurch ein fieses Heimweh heim. Obwohl der Alltag in Italien aufregend war, vermisste ich manchmal mein kleines Dorf. Zudem beschäftigte mich der unerwartete Tod meiner Oma gedanklich unentwegt. Vor allem die Tatsache, dass ich mich nicht von ihr verabschieden konnte. Letztendlich führte wahrscheinlich eine Kombination aus alldem dazu, dass mein Unterbewusstsein einen scheußlichen Auftrag in der internen Traumfabrik in Auftrag gab. In ihm lebte meine Oma noch. Ich war wieder bei ihr zu Hause in unserem Dorf. Zunächst schien auch alles wie immer zu sein. Doch dann sah ich sie plötzlich als Tote vor mir. Es schien auch so, als hätte der Verwesungsprozess bereits eingesetzt, und Blut floss aus ihren Augen. Einfach grauenvoll. Ihre Hände, die vorher noch liebevoll die meinen gehalten hatten, umfassten mich plötzlich mit einem Klammergriff, dem ich nicht mehr entkam. Ich schrie, jedoch hörte mich niemand. Als ich einen Blick nach oben in den Himmel warf, türmten sich dort dunkel gefärbte Wolken und Raben kreisten laut krächzend über mir …

»Meinst du, es gibt irgendeinen Zusammenhang zu deinem damaligen Traum?«, fragte Cleopha und ich zuckte mit den Schultern.

»Das wäre möglich, auch wenn ich mir noch nicht erklären kann welchen. Wenn ich ehrlich bin, kann ich noch nicht einmal festmachen, was diese Raben so anders macht und …«

Weiter kam ich nicht, denn da wurde ich von einer bekannten, tiefen Stimme unterbrochen.

»Ich wusste, dass du eines Tages kommen wirst.«

Erschrocken wirbelte ich herum und blickte starr zu der Gestalt auf dem Boden. Cleopha flog beschützend an meine Seite.

»Silas«, hauchte ich. Er sah aus wie eh und je. Nur schien er geschrumpft zu sein und war viel kleiner als zuvor. Er wirkte zerzaust und ungepflegt.

»Du selbst warst es, die mich hierhergelockt hat, warum bist du nun so erschrocken über meine Anwesenheit?«, wollte Silas amüsiert wissen und Cleopha fragte leise, woher er wusste, dass ich ihn angelockt hatte.

»Liebe Cleopha, mag sein, dass mir meine übernatürliche Seele genommen wurde, deshalb habe ich aber noch lange nicht alles vergessen, was damit zu tun hat«, antwortete er an meiner Stelle und seine tiefgründigen smaragdgrünen Augen ruhten auf mir. Er schien nicht überrascht zu sein, dass ich lebte. Ich erwiderte seinen Blick und nannte ihm schließlich den Grund für unser Kommen. Als Ellas Name fiel, horchte er gespannt auf und hörte sich geduldig den Rest der Geschichte an.

»Bereits zu meiner Zeit als Übernatürlicher galt ich nicht als barmherziger Samariter. Wie kommst du darauf, dass ich jetzt zu einem geworden bin?«, fragte er, als ich mit meinem Bericht fertig war. Warum hatte ich geglaubt, dass es einfach werden würde, Hilfe von Silas zu erhalten? Warum hatten wir seine Bereitschaft alle nie in Frage gestellt, sondern immer nur davon gesprochen, wie gefährlich das Durchqueren des ewigen Moors sein würde?

»Scheinbar aus dummer Gutgläubigkeit«, antwortete ich. Bevor ich mir panisch ausmalte, was passieren könnte, wenn ich ohne Silas zurückkehren würde, rief ich mir ins Gedächtnis, dass ich eine mächtige Hexe, die Anführerin der primum maleficis, war.

»Meine Frage war eher der Höflichkeit geschuldet als einer tatsächlichen Wahl deinerseits. Du kommst jetzt mit!«, forderte ich ihn auf. Für einen kurzen Moment kam es mir so vor, als würde ich mit meinem Bruder Felix sprechen. Er verhielt sich auch so bockig, wenn er lieber weiter im Sandkasten spielen wollte, als ins Haus zu kommen, um sich fürs Bett fertig zu machen. Ohne zu zögern, griff ich nach ihm und nahm ihn beim Arm. Unter Protest seinerseits marschierte ich, so schnell es das Terrain erlaubte, Richtung Ausgang. Cleopha flog dicht hinter mir. Der geheimnisvolle Torbogen näherte sich und wir schritten hindurch. Problemlos. Mit Silas. Im Nachhinein frage ich mich, warum es mir in diesem Moment nicht *zu einfach* vorkam.

# 8. Kapitel

Im nächsten Augenblick, als ich mit beiden Füßen jenseits des Portals zum ewigen Moor stand, geschah es. Markerschütternder Donner grollte. Ehe ich mich versah, wuchs Silas auf seine ursprüngliche Größe an. Vor lauter Schreck stolperte ich und er fiel über mich. Mit weit aufgerissenen Augen sah ich ihn an. Was passierte hier?

»Helena, wo bist du?«, vernahm ich Cleophas entgeisterte Stimme. Ich stieß Silas von mir und rappelte mich hoch. Prüfend ließ ich meinen Blick über die Landschaft gleiten, die mir nur allzu vertraut vorkam. Von der violetten Cleopha fehlte jedoch jede Spur.

»Wo bist du, Cleopha? Ich sehe dich nicht.«

»Ich kann dich ebenfalls nur hören und nicht sehen. Es klingt so, als würdest du direkt neben mir stehen, aber du bist nicht hier. Ich bin dir durch den Ausgang gefolgt und plötzlich, als wir den Torbogen passierten, seid ihr fort gewesen. Als wärt ihr in einem unsichtbaren Luftloch verschwunden«, erklärte sie aufgewühlt. Ich holte tief Luft.

»Okay, Cleopha. Versuchen wir ruhig zu bleiben. Befindest du dich *vor* dem Eingang zum ewigen Moor?«

»Ja.«

»Gut. Ich jedoch nicht.«

»Wie kann das sein? Hat euch irgendeine Kraft in das ewige Moor zurückgeholt?«

»Nein. Das hier ist nicht das ewige Moor. Es ist ein Gebiet, das ich gut kenne. Ich kann mir nicht erklären, wie wir hierhergekommen sind. Und ich kann mir auch nicht erklären, deine Stimme so nah bei mir zu hören, dich aber nicht zu sehen.«

»Helena, sag, wo bist du?«

»Ich bin am Walchensee. Das ist ein See in Bayern, in der Nähe meines Heimatdorfs. Uns trennen unzählige Kilometer von Italien«, erwiderte ich tonlos. Ich musterte die Umgebung und starrte dann Silas an. Wie war das möglich? Wie konnten wir uns hier befinden?

»Erzähl mir mehr«, bat mich Cleopha und sie wollte wissen, ob die Landschaft so aussah, wie ich sie kannte, oder ob etwas anders war.

»Die Umgebung wirkt anders. Düsterer als sonst.«

Über den Bergen, die den See umrahmten, lagen dicke dunkle Wolkenschichten. Das sonst türkisblaue Wasser hatte nun einen dunklen Blauton, der beinahe ins Schwarze überging. Der See strahlte eine gespenstische Ruhe aus, keine einzige kleine Welle kräuselte seine spiegelblanke Oberfläche. Keine Menschenseele war weit und breit zu sehen. Ähnlich wie im ewigen Moor schlug einem hier Endzeitstimmung entgegen.

»Cleopha, ohne dich kann ich nicht mehr ohne Magie mit Lorenzo kommunizieren. Flieg bitte zu ihm und erzähle ihm, was geschehen ist. Ich versuche einen Weg zu finden, um zurückzukehren mit möglichst wenig Hexerei, solange ich nicht weiß, was sie anrichtet«, sagte ich, doch es kam keine Antwort mehr.

»Cleopha?«, fragte ich nach einigen Sekunden ins Leere. Jedoch blieb es still.

»Es scheint, als wäre die Verbindung abgebrochen«, kommentierte Silas.

»Darauf wäre ich jetzt alleine nicht gekommen!«, fuhr ich ihn an. Beschwichtigend hob er die Hände. Kalter Schweiß rann mir über den Rücken, als ich mich gegen einen Baum lehnte, der sich hinter mir befand. Plötzlich spürte ich den kalten Atem von Silas im Nacken. Er stand dicht hinter mir.

Wie war er auf einmal dort hingekommen? Seine Kräfte waren kein Teil mehr von ihm.

»Du und ich. Alleine. Gefangen in einer Welt, in der scheinbar niemand außer uns existiert. Ich persönlich empfinde es als angenehme Abwechslung zum tristen Alltag im ewigen Moor.«

»Halt einfach den Mund, Silas«, erwiderte ich leise und schloss die Augen. Als ich sie einen Wimpernschlag später wieder öffnete, stand er mit einem Mal dicht vor mir.

»Wie machst du das? Der weiße Löwe hat dir deine Kräfte genommen. Niemand außer ihm kann sie dir wieder zurückgeben. Wie ist es möglich, dass du wieder im Besitz deiner vampirischen Schnelligkeit bist?«, fragte ich irritiert.

»Das habe ich auch noch nicht ganz herausgefunden«, antwortete er und schien ebenfalls verblüfft. Sollte er seine vollständigen Kräfte wiedererlangen, würden wir völlig die Kontrolle über das Geschehen verlieren. Zumal meine eigenen Kräfte seit der Ankunft im ewigen Moor völlig verrücktspielten. Ich schüttelte den Kopf. Ich war selbst schuld. Ich hätte mich vor unserem Aufbruch ins ewige Moor mit dem Zirkel der primum maleficis treffen müssen. Ich hätte mich informieren müssen, so viel Zeit hätte ich mir angesichts so einer schwierigen Aufgabe nehmen müssen! Womöglich konnten wir Lisandro nicht retten und brachten uns alle in Gefahr.

Die nächste Stunde verbrachten Silas und ich damit, in der Gegend ziellos umherzuirren. Zunächst erkundeten wir die Halbinsel Zwergern. Dort hätten wir eigentlich das mir gut bekannte Margarethen-Kircherl passieren müssen, doch es war wie vom Erdboden verschluckt. Ebenso wie die kleinen Dörfer rund um den Walchensee. Selbst die Herzogstandbahn, mit der unsere Familie im Sommer oft den Berg hinauffuhr, und das bekannte Filmkulissendorf »Flake« existierten nicht mehr. Alles Leben oder was daran erinnerte, war ausgelöscht. Hier war nichts. Nicht mal Straßen. Nur Wiesen, Wälder, Berge und der See. Irgendetwas stimmte hier ganz und gar nicht.

»Ich versuche uns zurückzuhexen. Möge die Konsequenz sein, wie sie wolle«, beschloss ich schließlich.

»Nur zu«, meinte Silas und machte eine einladende Geste. Konzentriert schloss ich die Augen und formte im Kopf einen Zauber.

»*Nos auferat. Tergum in mundo superno*«, wisperte ich. Mit pochendem Herzen hob ich meine Lider. Sekunden vergingen und nichts geschah. Ich versuchte es noch drei Mal. Wieder nichts. Silas sah mich aus seinen stechenden, smaragdgrünen Augen herausfordernd an.

»Sag jetzt nichts«, forderte ich ihn zu seinem eigenen Schutz auf. Wobei ich nicht sicher war, wer hier Schutz brauchte. Offensichtlich schwanden meine Kräfte und seine kehrten zurück.

»Was schlägst du nun vor? Oder weiß die Anführerin der primum maleficis und Königin der übernatürlichen Welt nicht mehr weiter? Ich denke, Letzteres trifft zu. Ich hätte dir mehr Zeit gegeben, wäre ich an Lorenzos Stelle, um die Hexenkunst zu erlernen und virtuos zu beherrschen. So aber wurdest du unvermittelt ins kalte Wasser geworfen und musst mit deinen jungen Jahren einem mächtigen, alten Zirkel vorstehen. Dir fehlt das Wissen eines ganzen Jahrtausends. Gut, in Bezug auf das Heiraten kann ich Lorenzo, meinem alten Freund, nichts vorwerfen. Mir konnte es ja selbst nicht schnell genug gehen. Wie dem auch sei. In diesem Moment bist du in deiner Unerfahrenheit einfach nur überfordert. Trotzdem lastet auf dir mehr als die Verantwortung nur für dein eigenes Leben. Die Zeit sitzt dir im Nacken. Ella könnte jeden Augenblick in die passive Sphäre aufsteigen und der arme Lisandro wäre für immer verloren«, stellte Silas zufrieden fest und seine Worte versetzten mir einen Stich.

»Bist du jetzt fertig?«, zischte ich und er nickte heiter. Ich wandte mich von ihm ab und wischte mir hastig eine Träne aus dem Augenwinkel. Ich ging über den steinigen Boden und blieb nachdenklich am Ufer des Walchensees stehen. Wäre ich doch einfach die alte Helena! Die, die zwar nachts von einem außergewöhnlichen Leben träumte, aber tagsüber ein stinknormales sorgloses Leben führte. Mit Problemchen, die jeder hat. Zum Beispiel, dass man ins Kino wollte, es aber im Dorf weder einen Bahnhof gab noch regelmäßig Busse fuhren, schon gar nicht an den Wochenenden, und die Eltern mal wieder keine Zeit hatten, einen in die nächstgrößere Kleinstadt zu fahren. Bevor ich weitere Erinnerungen an mein vorheriges Dasein heraufbeschwören konnte, näherte sich mir Silas. Die Steine gaben prasselnd unter seinen Schuhsohlen nach und kündigten sein Näherkommen an. Er blieb neben mir stehen und ich spürte seinen Blick auf mir ruhen.

»Dir fehlt deine Heimat, nicht wahr? Als du den lila Staubwedel nicht mehr sahst, habe ich deine aufkommende Panik gespürt, aber seltsamerweise beruhigte sich dein Herzschlag, als du bemerktest, *wo* du dich befindest.«

»Du bist echt blöd, Silas! Hat dir das schon mal jemand gesagt? Oft ist der erste Satz, der aus deinem Mund kommt, ganz passabel, aber sobald du weitersprichst, quillt nur noch dummes Zeug heraus. Lila Staubwedel, ich glaube, ich spinne!«

Empört sah ich ihn an. Doch mein Zorn hielt nicht lange an und ich prustete los. Silas wirkte leicht irritiert, aber er stimmte in mein Lachen ein. Im Nachhinein kann ich nicht mehr sagen, ob es ein verzweifeltes, hysterisches Lachen war oder ob ich lediglich die Tatsache witzig fand, dass Cleophas blütenreiner, schneeweißer Flaum diese kreischende violette Farbe angenommen hatte. Sie sah nämlich wirklich zum Schreien komisch aus, und wären wir nicht in einer so dubiosen Situation gewesen, hätten Mila und ich sie bestimmt damit aufgezogen.

»Aus euch Mädchen werde ich einfach nicht schlau. Im einen Moment seid ihr ...«, begann er und ich verdrehte die Augen.

»Komm, erspar mir deine Predigt! Mit deinen 180-Grad-Umschwüngen, was deine Launen und Gefühle betrifft, frage ich mich, welches Geschlecht hier emotional flexibel ist!«

»Hoho! Mit dem Blut der primum maleficis habe ich wohl auch eine gehörige Portion Selbstbewusstsein in deinen Kreislauf mit einfließen lassen. So hat noch nie jemand mit mir geredet. Schon gar kein weibliches übernatürliches Wesen!«, erwiderte Silas schmunzelnd. Er betrachtete mich eingehend, was ein beklemmendes Gefühl in mir auslöste, doch ich überspielte es sofort mit einer konternden Antwort.

»Schon gar kein *weibliches* übernatürliches Wesen ...«, wiederholte ich und fuhr ihn an.

»An dir sind wohl die letzten hundert Jahre Emanzipation vorübergegangen. Wie viele Jahre warst du noch mal im ewigen Moor? Ich müsste mich sehr täuschen, aber es war doch nur eines, oder? Was ist mit den anderen neunundneunzig, wo warst du da ...«

Er versetzte mir einen neckischen Seitenhieb.

»Schon gut, ich habe es kapiert. Du hältst dich anscheinend für die junge Alice Schwarzer der übernatürlichen Welt und wäre ich König, hätte ich dich zur Vertreterin der Frauenbewegung erkoren.«

»Siehst du! Das meine ich. Jetzt bist du lustig und nett. Warte ich fünf Minuten, ist das Gegenteil der Fall«, entgegnete ich. Dieses Mal war ich diejenige, die herausfordernd abwartete. Doch statt eines Zornesausbruchs wechselte er das Thema und meinte, dass es an der Zeit sei, einen Platz für ein Nachtlager zu suchen.

»Auch eine Lichtquelle wäre nützlich«, fügte er hinzu.

»Mich brauchst du dabei nicht anzusehen. Meine Kräfte haben sich spontan in den Urlaub verabschiedet«, sagte ich und hoffte inständig, dass sich meine Vermutung nicht bewahrheitete und er, aus welchem Grund auch immer, dafür seine widererlangt hatte. Jedoch wollte ich die Nacht auch nicht im Finstern verbringen, da ich mich derzeit nicht wehren konnte. Wer wusste schon, welche Gefahren an diesem verwunschenen Ort lauerten. Also überwand ich mich und fragte ihn, ob er versuchen könne, ein Feuer zu hexen.

»Ich würde es mir nicht erlauben, dir einen Wunsch abzuschlagen«, knurrte er und seine Stimme wurde tiefer und mysteriöser. Ich sah, wie in seinen Augen ein gieriger Hoffnungsschimmer glomm. Er schloss die Augen. Als er sie wieder öffnete, flüsterte er leise Worte. Es kam mir vor, als würde es in Zeitlupe geschehen, als er die Hände daraufhin hob. Stille folgte. Absolute Stille. Ich hörte meinen beschleunigten Atem. Die Spannung war kaum zu ertragen. Würde es tatsächlich funktionieren? Es dauerte nicht lange und das Element der Kraft, der Wärme und des Lichts quoll aus dem Boden. Als es vollständig entfaltet war, formte es sich zu einer Art Lagerfeuer. Durch das Flimmern der Funken trafen sich unsere Blicke. Hämische Freude lag in seinem. Der alte Silas, der erbarmungslose Machtbesessene, war zurück. Sein Anblick verschwamm. Ich blinzelte mehrmals, und als ich wieder klar sah, wirkte er ein winziges Stück kleiner. Oder bildete ich mir das nur ein? Ich schob den Gedanken beiseite und konzentrierte mich auf das Wesentliche. Ich musste hier weg, und zwar schnell!

# 9. Kapitel

Ich schloss die Lider und formte in Gedanken Zauber für Zauber, doch wenn ich die Augen wieder aufschlug, verharrte ich jedes Mal noch am selben Fleck. Als Silas sich wieder gesammelt hatte, ging er um das Feuer herum und direkt auf mich zu. Ich kämpfte gegen den innerlichen Drang fortzulaufen. Ich würde ohnehin keine Chance haben gegen seine Schnelligkeit und Magie. Langsam legte er einen Arm um meine Schulter.

»Hast du Appetit auf Stockbrot? Ich habe gefühlt fünfzig Jahre keines mehr gegessen.«

Er könnte alles mit mir machen. Mich zum Beispiel töten und anschließend meine äußere Gestalt annehmen. Als vermeintliche Helena könnte er nach Italien zurückkehren. Er könnte Lorenzo und das übernatürliche Königreich aufsuchen und seine einstigen blutigen und grausamen Pläne in die Tat umsetzen. Und alles, was er in diesem Moment wollte, war ein läppisches Stockbrot? Ich versuchte meine Zweifel an seiner freundschaftlichen Art zu verbergen und stimmte zu. Es blieb mir auch nichts anderes übrig.

Wenige Zeit später saßen wir am Feuer und hielten Stecken über die Flammen, die an der Spitze mit Teig umwickelt waren. Währenddessen beäugte ich ihn wieder und wieder kritisch. Jeden Moment erwartete ich, dass die Stimmung kippte. Bestimmt hatte er sich im ewigen Moor oft ausgemalt, wie er sich an jedem Einzelnen von uns rächen könnte. Da ich ohnehin nichts mehr zu verlieren hatte, beschloss ich, ihn ganz offen nach Ella zu fragen. Irgendeine Verbindung musste es zwischen den beiden geben. Vielleicht konnte ich ihn so aus der Reserve locken und überzeugen mit mir gemeinsam zurückzukehren. Es würde nicht leicht werden, aber ich durfte nichts unversucht lassen.

»Woher kennst du Ella? Sie sprach sogar von einer Verwandtschaft.«

»Sie ist meine Mutter«, antwortete er und in diesem Moment knisterte das Holz laut und Funken schossen in die Luft.

»Was?«, entfuhr es mir und ich sah ihn mit weit aufgerissenen Augen an. Nachdenklich verlor sich sein Blick in den Flammen. Was war zwischen den beiden in der Vergangenheit vorgefallen, dass er nicht sofort an Ort und Stelle im ewigen Moor bereit gewesen war, sich zu ihr bringen zu lassen? Warum schindete er auch jetzt immer noch so viel Zeit? Ella könnte jederzeit in die passive Sphäre aufsteigen!

»Ich weiß, was dir durch den Kopf geht. Bestimmt wirst du dich in deiner Theorie abermals bestätigt fühlen, dass ich eine selbstherrliche Bestie bin, die nun auch noch ihrer Mutter die einzige und letzte Hilfe verweigert. Dazu lass dir eines gesagt sein: Du kennst meine Geschichte nicht«, erwiderte er finster. Ich nahm all meinen Mut zusammen und ermunterte ihn:

»Ich würde sie aber gerne kennen.«

Überrascht blickte er mich an und zog die Brauen zusammen.

»Ich bin nicht sicher, ob deine zarte Seele sie verkraften könnte. Bevor du nach Italien kamst, hast du in einem Dorfidyll gelebt, das abgeschirmt war von all dem Bösen dieser Welt. Du wurdest nie direkt mit unerquicklichen Dingen konfrontiert, die außerhalb deiner Lebenssphäre passierten. Höchstwahrscheinlich hält dich auch Lorenzo von den Schattenseiten der übernatürlichen Welt fern, damit du dieses unbeschwerte Leben weiterführen kannst. Doch wenn du wirklich glaubst, dass sich hinter der Grenze zum übernatürlichen Königreich das Paradies befindet, dann irrst du dich gewaltig.«

Er hatte recht. Lorenzo hielt mich aus manchen unschönen Angelegenheiten heraus, aber nicht aus Böswilligkeit, sondern weil er mir nach der Gefangenschaft in den Fängen von *Silas* Zeit geben wollte, um mich zu erholen. Ich wollte gerade den Mund öffnen, um ihm genau das zu sagen, beschloss dann aber zu schweigen. Diese Diskussion würde eher seinen Zorn herausfordern, als seine Meinung über die Absichten seines einstigen *Freundes* zu ändern. Für fruchtlose Streitereien hatte ich jetzt keine Zeit. Ich musste so bald wie möglich wieder zurück nach Italien. Mit ihm ...

»Mach dir über meine Seele keine Sorgen. Ich habe Dinge erlebt, die ich nie für möglich gehalten hatte. Das Geschehene hat mich stark gemacht. Erzählst du mir nun also, wer du wirklich bist und wer sich hinter der Maske jenes Silas verbirgt, der hier neben mir sitzt?«

Silas zögerte, rang mit sich, dann nickte er schließlich. Er erhob sich und hielt mir seine Hand entgegen. Ich ergriff sie und er zog mich mit vampirischer Leichtigkeit vom Boden hoch.

»Komm, ich zeige es dir.«

*Silas vertraut dir. Nutze das. Er hat noch nie jemanden mit in die Vergangenheit genommen. Insbesondere nicht in seine eigene ...*

Erschrocken wirbelte ich herum. Waren wir doch nicht alleine? Woher kam urplötzlich die Stimme? Als mich Silas' fragender Blick traf, wurde mir schlagartig bewusst, dass nur ich diese Stimme gehört hatte. Wenn alles vorbei war, musste ich unbedingt herausfinden, was es damit auf sich hatte. Ich versuchte die Situation zu überspielen, indem ich so tat, als hätte ich ein Rascheln gehört.

»Das hast du dir nur eingebildet. Du weißt, dass mein Gehör darauf trainiert ist, den Schall jedes Tons oder Geräusches selbst in weiter Entfernung wahrzunehmen. Hier ist nichts außer uns.«

Ich täuschte vor, dass diese Aussage mich beruhigte, und er schien es mir abzukaufen. Silas griff abermals nach meiner Hand und führte mich an das Ufer des Sees.

»Was hast du vor?«, fragte ich ängstlich und blieb stehen. Was machte die Person hinter der Stimme so sicher, dass Silas mir vertraute und mich nicht abgrundtief hasste? Womöglich machte er sich in diesem Moment Gedanken, wie er mich ertränken könnte, und nicht, wie er mir einen Einblick in sein Innerstes gewähren konnte.

*Helena*, sagte die Stimme sanft und lachte. *Entspann dich. Wenn er das gewollt hätte, hätte er dich längst getötet. Silas wird das Böse in sich niemals ablegen können, aber du hast es zumindest geschafft, es für einen winzigen Augenblick regnen zu lassen. Du weißt, was ich damit meine …*

Das wurde ja immer gruseliger. Woher wusste die Stimme davon? Als Silas mich während der Verwandlung in eine Hexe in den Fängen hatte, brachte er mich zu dem weißen Löwen. Bevor wir uns damals wieder von ihm verabschiedeten, wandte sich der weiße Löwe an Silas und sagte:

»*Silas, ich gebe die Hoffnung nicht auf. Eines Tages wirst du jemanden finden, der es auf dein Herz regnen lässt. Das Gute in dir, deine Liebe und Herzlichkeit sind verdorrt wie eine ausgetrocknete Wüstenregion. Irgendwann wird es wieder zum Leben erweckt werden und du wirst es schätzen.*«

Damit spielte der weiße Löwe auf eine mögliche künftige Liebe in dem Leben von Silas an. Die Liebe macht einen jeden von uns ebenso stark wie verletzlich. Letzteres würde

Silas nie riskieren. Unmöglich, dass der selbstherrliche Silas jemanden in die Nähe seines Herzens ließ, und mich würde er dafür schon gar nicht auserwählen.
*Und was macht dich da so sicher?*
Verwirrt wandte ich mich an Silas und versuchte die Stimme in meinem Kopf zu ignorieren.
»Also? Was hast du vor?«
Nun war er es, der verwirrt dreinblickte.
»Das habe ich dir doch gerade erklärt, hast du mir etwa nicht zugehört? Ich werde die Kugel der Vergangenheit heraufbeschwören.«
Er schloss konzentriert die Augen. Als er sie wieder öffnete, bildeten sich hier und da vereinzelte überdimensionale schimmernde Eiskristalle auf dem Wasser. Sie vervielfältigten sich, die Oberfläche gefror und formte sich zu einem Weg, der etwa zwei Meter breit war. Am Ende des Weges erspähte ich die berühmte leuchtende Kugel der Vergangenheit. Silas hatte den Zauber schon einmal in meiner Gegenwart benutzt. Und ich hatte ihn damals gefragt, ob er in Elsas Fußstapfen treten wolle. Allerdings war das in der übernatürlichen Welt. Denselben Zauber nun am vertrauten heimatlichen Walchensee sich entfalten zu sehen, war unwirklich. Bisher hatte ich die zwei Welten strikt voneinander getrennt: den Wald, der voller Magie steckte, und den Rest, mein Zuhause, in dem Normalität herrschte.

»Bist du bereit für eine Reise in meine Vergangenheit?«, wollte Silas wissen, als wir an der Kugel angekommen waren. Ich nickte und wir legten gemeinsam unsere Hände auf die Kugel, in der magisch aussehende Jahreszahlen tanzten. *Ein schillernder Nebel, der grelles Licht verursachte, umhüllte uns. Als er langsam verschwand und sich unsere Au-*

*gen an die neuen Reize gewöhnt hatten, erkannte ich, dass wir uns tief im Wald, in der übernatürlichen Welt, befanden. Ein fröhliches, buntes Treiben herrschte um uns herum. Schmetterlinge, oder zumindest kleine Tiere, die ihnen ähnlich und der Flugkünste mächtig waren, umflatterten uns. Teilweise riesige Bäume wurzelten in fruchtbarer Erde, die von saftig grünem Moos und dichten Gräsern bedeckt war. Dazwischen schossen wohlgeformte Pilze aus dem Boden und märchenhafte Blumen. Fabelhafte winzige Wesen bevölkerten den lebensfreundlichen Ort und gingen den verschiedensten Tätigkeiten nach. Plötzlich raschelte es und ein kleiner Junge lief fröhlich an uns vorbei. Er war höchstens vier Jahre alt. Als es ein weiteres Mal raschelte, hielt er in seiner Bewegung inne und versteckte sich dann hinter einem breiten Baumstamm.*

*»Kind, wo bist du denn nun schon wieder? Dich kann man wirklich keine Sekunde aus den Augen lassen.«*

*Eine ältere Trolldame kam des Weges und hielt Ausschau nach dem Jungen. Ihr Blick blieb an uns hängen. Konnte sie uns sehen? Sie watschelte mit ihren kurzen Beinen schnurstracks auf uns zu.*

*»Verzeihung, habt ihr einen kleinen Jungen gesehen?«*

*Neugierig lugte dieser hinter einem Baum in ihrem Rücken hervor, schüttelte den Kopf und sah mich bittend an. Ich zögerte und sagte schließlich, dass wir während unseres Spaziergangs noch niemanden getroffen hätten. Seufzend bedankte sich die Trolldame und suchte weiter nach ihrem Sprössling.*

*»Eine sehr weise Entscheidung«, lobte Silas leise. Und fügte hinzu:*

*»So greifst du nicht in das Geschehen ein.«*

*»Meine Antwort spielt doch gar keine Rolle. Niemand kann das einmal Geschehene im Nachhinein beeinflussen«, erwiderte ich und dachte an Lorenzos Worte, als er mir das Wesen der Kugel erklärte. Sie sei ein Werk der primum maleficis, des Hexenzirkels. Jeder Übernatürliche dürfe ihre Dienste nur drei Mal in*

*Anspruch nehmen, womit, am Rande erwähnt, nun mein diesbezügliches Budget ein für alle Mal ausgeschöpft war. Man kann mithilfe der Kugel ein außergewöhnliches, in der Vergangenheit liegendes Ereignis noch einmal durchleben, zum Beispiel jemanden besuchen, der bereits verstorben ist, oder etwas anderes erledigen. Was man mit der Kugel nicht könne, so hatte mir Lorenzo damals erklärt, sei, durch ein verändertes Handeln in die Zukunft vorzugreifen, sie zu verändern ...*

»*Du weißt schon, wer die Kugel der Vergangenheit erfunden hat, oder?*«*, fragte Silas herausfordernd.* »*Das war unser Hexenzirkel. Und erinnerst du dich auch daran, was große Zauber von unserer Spezies stets beinhalten?*«

»*Ein Schlupfloch*«*, antwortete ich und ärgerte mich über mich selbst. Das hätte ich mir denken können. Jeder Zauber, der mit dem Satz:* »*So sei es, für immer, von jetzt bis zum Ende aller Zeiten*«*, beendet wurde, musste auch einen sogenannten Öffnungszauber haben, sonst konnte er nicht vollzogen werden. Die primum maleficis waren die Einzigen in der Geschichte der Übernatürlichen, die in der Lage waren und sind, ihre Kräfte zu vereinen und durch diese gebündelte Macht gewaltige Zauber zu sprechen oder Dinge zu erschaffen wie die Kugel der Vergangenheit. War ein solcher Zauber ausgesprochen und vollzogen, konnte er nicht mehr rückgängig gemacht werden. Die Worte* »*für immer*« *konnten für einen Übernatürlichen dann eine relativ lange Zeitspanne bedeuten. Was jedoch zu einem bestimmten Zeitpunkt während des Sprechens des Zaubers für die Ewigkeit als unabdingbar erscheinen mochte, musste nicht auch in hundert Jahren noch gültig sein. Aus diesem Grund musste ein solch unwiderruflicher Spruch ein Schlupfloch beinhalten. Mochte es auch noch so klein sein. Silas wusste all diese Dinge, da er zur Hälfte das Gründerblut des Hexenzirkels in sich trug. Das war, bevor er in das ewige Moor verbannt wurde und ihm seine Kräfte, als Teil seiner Strafe, genommen wurden. Sein über Jahr-*

*hunderte angeeignetes Wissen, das dem meinen weit überlegen war, konnte ihm niemand nehmen und ich war mir sicher, dass es mir früher oder später zum Verhängnis werden würde.*

»Hast du etwa vor die Vergangenheit zu verändern?«, wollte ich wissen und er schüttelte den Kopf.

»Keine Sorge. Diesen Teil meiner Vergangenheit will ich genau so lassen, wie er ist.«

»Wer seid ihr?«

*Ich blickte nach unten und entdeckte den kleinen Jungen. Ich ging in die Knie, damit ich auf Augenhöhe mit ihm war. Ich schätzte, dass er, in Menschenjahren gerechnet, etwa vier Jahre alt war.*

»Ich bin Helena«, *sagte ich und deutete anschließend auf meinen Begleiter.*

»Das ist Silas und wie heißt du?«

*In diesem Moment sah ich in seine tiefen, strahlenden, smaragdgrünen Augen und wusste, wer er war. Silas.*

»Ich heiße auch Silas!«, *rief er erfreut und es bestätigte meine Theorie, dass es sich bei dem kleinen und dem großen Silas um ein und dieselbe Person handelte, denn in der übernatürlichen Welt werden Namen nur ein einziges Mal vergeben.*

»Das ist ja ein toller Zufall«, *erwiderte ich und versuchte mein Erstaunen zu verbergen. Die jüngere Version von Silas lächelte. Wenn du nur wüsstest, was aus dir wird, dachte ich traurig. Jetzt siehst du unglaublich süß aus und bringst alleine mit deinem Anblick mein Herz zum Schmelzen, aber später jagst du jedem, der in deine Nähe kommt, Angst und Schrecken ein ...*

»Warum bist du denn vor der Trolldame weggelaufen?«, *fragte ich, um mehr über Silas' damalige Situation herauszufinden.*

»Das war Elvina. Sie passt auf mich auf, wenn meine Eltern nicht da sind. Sie ist eigentlich ganz nett, aber bei ihr geht es immer recht langweilig zu. Heute hat sie mir wieder lange aus einem alten Buch vorgelesen. So lange, dass sie sogar selbst da-*

*rüber eingeschlafen ist. Ich habe ein bisschen gewartet und bin dann weggelaufen. Ich laufe eigentlich jedes Mal weg, wenn ich bei ihr bin«,* erzählte er und kicherte. Selbst dem großen Silas huschte ein Lächeln über das Gesicht. Scheinbar flammten lustige Erinnerungen bei ihm auf. *Ich konnte es mir beinahe bildlich vorstellen, wie Silas sich einen Spaß daraus machte zu beobachten, wie die alte Elvina völlig verzweifelt aus dem Haus lief, nachdem sie bemerkt hatte, dass er fort war ...*

*»Silas, wo bist du?«,* rief nun eine andere, weitaus energischere weibliche Stimme. Der kleine Junge horchte auf.

*»Das ist meine Mama. Ich muss gehen.«*

*»Deine Familie vermisst dich bestimmt schon. Es hat mich gefreut dich kennenzulernen, Silas, und jetzt lauf los«,* sagte ich und er rannte davon. Bevor er hinter einem Baum verschwand, drehte er sich noch einmal um und winkte uns zu.

*»Du warst ein glückliches Kind«,* stellte ich fest und wandte mich an Silas.

*»Bis zu diesem Moment erlebte ich eine unbeschwerte Kindheit. Doch dieser heutige Tag, der 2. Juli 1903, hat alles verändert. Komm, sonst verpasst du es«,* erwiderte er und nahm meine Hand. Angespannt folgte ich ihm. Was würde mich erwarten?

*Hinter einem dichten Blätterdach stießen wir auf ein imposantes schwarzes Haus. Es war im Stil der Zeit erbaut und hatte eine altertümliche, mystische Ausstrahlung. Die Fenster bestanden aus rot eingefärbtem Glas und aus dem Kamin quoll weißer Rauch. Dieses Gebäude bildete einen gruseligen Kontrast zu dem Idyll, das es umgab.*

*»Hier habe ich gewohnt. Meine Eltern sind beide Vampire, deshalb hat das Haus auch eine düstere Außenfassade und eine nachtschwarze Inneneinrichtung. Früher haben alle Wesen viel traditioneller und ihrem Naturell entsprechend gelebt, als sie es derzeit machen«,* erklärte Silas.

»Habt ihr denn auch in Särgen geschlafen?«, erkundigte ich mich und Silas schmunzelte.

»*Wenn wir geschlafen haben, was selten geschah, dann ähnelten unsere Betten tatsächlich menschlichen Särgen. Wir zogen uns tagsüber in unsere Sarkophage zurück, da wir Vampire das Sonnenlicht nicht gut vertrugen. Zu unserem Schutz mussten unsere Ruhestätten verschlossen sein. Das änderte sich erst durch die Vereinigung aller Wesen im übernatürlichen Königreich. Nun konnten die Vampire viel freier leben als zuvor. Die primum maleficis sorgten durch einen Zauber dafür, dass wir im Sonnenlicht nicht mehr verbrennen.*«

Ehe ich eine weitere Frage stellen konnte, öffnete sich die dunkelfarbige, eiserne Haustür und eine schwarz gekleidete Frau mit besorgter Miene trat heraus. Ihre blonden Haare und saphirblauen Augen ließen mich erahnen, dass es sich um Ella handeln musste. Im Gegensatz zu vielen anderen Wesen im Wald war sie so groß wie ein ausgewachsener Mensch. Ich starrte sie an. Wie war das möglich? Die Elfen sind für gewöhnlich kleine und zierliche Wesen. Natürlich gab es von der Größe her Abstufungen. Die einen waren gerade mal so groß wie meine Hand und die anderen wie ein Vorschulkind, aber niemals erreichten sie die Höhe eines ausgewachsenen Menschen …

»Im Haus ist er auch nicht«, murmelte Ella verzweifelt und Silas zog mich ein Stück weiter weg hinter einen Baumstamm, damit sie uns nicht entdecken konnte.

»Hier bin ich!«, rief plötzlich der kleine Silas. Er stürmte aus dem Dickicht und rannte auf seine Mama zu. Erleichtert schloss sie ihn in die Arme und wirbelte ihn durch die Luft.

»Endlich! Ich habe befürchtet, dass wir dich dieses Mal nicht mehr finden würden.«

Ella setzte ihn wieder ab und bedachte ihn mit einem strengen Blick.

»Ich weiß, dass Verstecken dein liebstes Spiel ist, aber der Wald hat auch dunkle und gefährliche Seiten, die du noch nicht kennst und gegen die du dich auch noch nicht allein wehren kannst. Versprich mir, dass du dich in Zukunft nicht mehr so weit vom Haus entfernst.«

»Ella, hast du ihn gefunden?«, tönte eine verzweifelte Stimme aus dem Waldesinnern. Es war Elvina.

»Ja, er ist hier«, flötete Ella und hob ihren Sohn abermals hoch. Noch bevor Elvina aus dem Wald trat, schickte Ella ihren Sprössling ins Haus.

»Es ist Zeit für die nächste Blutration, Silas. Hol dir schnell eine Flasche aus dem Keller.«

Als Silas im Inneren des Hauses verschwunden war, erschien Elvina auf der Bildfläche. Ellas Lächeln erstarb augenblicklich und sie funkelte die Trolldame wütend an. Knurrend fletschte sie die Zähne. Ich riss die Augen auf, als mein Blick auf ihre spitzen, langen Eckzähne fiel. Warum zum Teufel hatte Ella das Gebiss eines Vampirs?

»Manchmal habe ich den Eindruck, wir beide sprechen nicht dieselbe Sprache«, fuhr sie Elvina an. »Wie sonst kann es sein, dass Silas nun schon zum wiederholten Male ohne Aufsicht im Wald unterwegs war? Habe ich dir nicht tausendmal gesagt, dass es die oberste Regel ist, ihn niemals aus den Augen zu verlieren?«

Elvina wich erschrocken ein paar Schritte zurück. Sie tat mir leid. Silas war in seinem jungen Alter bereits doppelt so groß wie sie. Ein Schritt von ihm waren für ihre kurzen Beinchen mindestens zwei. Wenn er davonlief, hatte sie keine Chance, ihn einzuholen. Abgesehen davon war sie schon sehr alt und der Aufgabe, einen jungen Vampir zu hüten, schlichtweg nicht mehr gewachsen.

»Es tut mir wirklich leid. Ich ...«, stammelte Elvina und wagte es kaum, Ella in die Augen zu sehen. Diese bäumte sich vor ihr auf und zischte:

»Ich will deine Ausrede nicht hören! Sieh zu, dass du Land

*gewinnst, ehe ich mich vergesse und du die nächste Minute nicht überlebst!«*

*Silas' Nanny wich in geduckter Haltung vor Ella zurück und eilte angsterfüllt davon. In diesem Moment kam Silas aus der Haustür. Er stolperte und die Flasche, die er bei sich trug, zersplitterte auf der Veranda. Zwischen den Glassplittern quoll dunkelrotes Blut hervor. Ella nahm schlagartig wieder die fürsorgliche Mutterrolle ein und stand in Lichtgeschwindigkeit neben ihrem Sohn.*

*»Hast du dich verletzt?«*

*Silas schüttelte den Kopf. Ella griff nach einem Etikett, das von der Flasche abgefallen war und auf dem Boden lag, und ihre Miene wirkte mit einem Mal verärgert. Zornerfüllt schlug sie ihm ins Gesicht. Ich zuckte zusammen, als ihre Handfläche auf seine Wange klatschte.*

*»Silas! Ich habe dir doch gesagt, dass du erst die alten Flaschen verbrauchen sollst. Die, die hinten im Regal stehen. Das war eine neue. Beinahe hättest du frisches Blut getrunken. Das habe ich dir doch verboten!«*

*Silas senkte den Kopf und eine Träne lief ihm übers Gesicht. Ich warf einen vorsichtigen Seitenblick auf den älteren, neben mir stehenden Silas. Er stand steif da und betrachtete starr das Geschehen.*

*»Schau lieber zu ihnen. Jetzt kommt der Höhepunkt«, riet er mir tonlos.*

*»Mach das nie wieder!«, schrie Ella und die jüngere Version von Silas wollte ins Haus laufen. In Windeseile griff Ella nach ihm und packte ihn an den Schultern.*

*»Hast du mich verstanden, Silas?«*

*Verschreckt nickte er. Sie nahm ihn auf den Arm, womöglich um sich mit ihm zu versöhnen, doch er wollte sie abschütteln. Im nächsten Augenblick geschahen mehrere Dinge gleichzeitig. Der aufgewühlte Silas hatte seine kleine Hand an der Stelle von*

Ellas Herzen. Zur selben Zeit flog ein überdimensionaler Schmetterling vorbei. Der kindliche Silas entdeckte ihn und seine volle Aufmerksamkeit galt dem fabelhaften Wesen. Etwas in seinen Augen blitzte auf und im nächsten Moment war die Welt für einen Wimpernschlag dunkel.

  Stille.

## 10. Kapitel

»Was hast du getan?«, flüsterte eine erstickte Stimme. Es war die seiner Mutter. Als es wieder hell wurde, sah ich Ella so, wie ich sie aus dem Sternenreich kannte. Geschrumpft und mit spitzen Ohren. Wie eine Elfe eben. Silas, der sich nun auf Augenhöhe mit seiner Mutter befand, starrte sie entgeistert an.

»Ich war das?«

Der ältere Silas neben mir hob die Hand und stoppte mit dieser Bewegung die Zeit. Die Welt um uns herum schien wie eingefroren.

»Nun kennst du mein größtes Geheimnis. Ich habe meine Mutter verzaubert.«

»Du hast es nicht mit Absicht getan. Du warst dir deiner Handlung in diesem Moment überhaupt nicht bewusst«, verteidigte ich den jungen Silas. Ich versuchte das Gesehene zu durchdenken und konnte meine Fragen nicht zurückhalten.

»Wie ist das möglich, Silas? Wie konnte Ella von einer Vampirin zu einer Elfe werden? Ich dachte, Blut sei dicker als jeder Zauber?«

»Ihr Blut hat sich auch nicht verändert, nur ihre Körperlichkeit hat sich unwiderruflich der einer Elfe angepasst«, klärte er mich auf und erzählte, wie es nach dem folgenschweren Zauber weitergegangen war.

»Mein Vater, Ghidora, kehrte von der Jagd zurück. Ich stand noch völlig unter Schock und meine Mutter tastete ungläubig ihren geschrumpften Körper und die spitzen Ohren ab. ›Das war Silas‹, sagte sie, ich höre ihre Worte noch, als wäre es gestern gewesen.«

Er hielt einen Moment inne. Dann hob er abermals die Hand und die Welt um uns herum erwachte wieder zum Leben.

*Ein mystischer Vampir stand bei Ella und dem kleinen Silas und musterte die beiden fassungslos. Es musste sich um Ghidora, Silas' Vater, handeln. Ghidora griff nach dem Handgelenk seines Sohnes und bemerkte, dass an dessen dunklem Lederarmband neben der Gravur mit der Unendlichkeitsschleife mit einer Fledermaus, dem Symbol der Vampire, ein Löwenkopf abgebildet war. Der Löwenkopf war das Zeichen des Hexenzirkels, der primum maleficis. Seinem Blick nach zu urteilen sah er Letzteres zum ersten Mal.*

*»Unser Sohn trägt die Gründerblutlinie in sich? Wie konnte uns das verborgen bleiben?«, fragte er entgeistert. Wenn ich mich nicht täuschte, glomm ein Funken Stolz in seinen Augen.*

*»Wie konnte es dir verborgen bleiben?«, korrigierte ihn Ella schnippisch. Ich erfuhr, dass Ghidoras Vater den primum maleficis angehörte. Seine Mutter war eine Vampirin. Ghidora selbst war ein reinrassiger Vampir, weil sich das Gen der Gründerblutlinie nicht automatisch an die nächste Generation weitervererbte. Oft übersprang es mehrere Geschlechter und keines der Kinder wurde nach einer sogenannten Kreuzung zweier Wesen verschiedener Abstammung zu einer Vollbluthexe oder einem Vollbluthexer, sondern es zählte nur zur Hälfte zu dieser Rasse. Silas zum Beispiel trug zur Hälfte Anteile eines Vampirs und zur Hälfte Anteile eines primum maleficis in sich. Nur war das anfangs seiner Familie nicht bewusst. Als in Ella ein Verdacht aufkeimte, verschwieg sie dieses Detail ihrem Gefährten. Wenige Wochen nach Silas' Geburt suchte sie die weißen Löwen auf. Seit jeher waren die weißen Löwen dazu auserkoren, die Arten zu identifizieren. Jedes Neugeborene wurde zu ihnen gebracht und es erhielt von ihnen ein Symbol, das die Kräfte der jeweiligen Spezies zu entfalten half.*

*Ella wandte sich an Ghidora. »Der weiße Löwe spürte damals, dass neben dem Vampirblut noch etwas Anderes, Besonderes durch Silas' Adern floss. Er meinte, mit hoher Wahrschein-*

*lichkeit würde das Gen der mächtigen primum maleficis sich durchsetzen. Das würde sich jedoch erst mit zunehmendem Alter unseres Babys zeigen. Er hat mir geraten ihn später noch einmal aufzusuchen, aber ich bin nie wieder hingegangen, denn dann hätte er unserem Sohn mit Sicherheit das Symbol des Hexenzirkels geschenkt und jeder hätte von seiner Veranlagung gewusst.«*

*Ghidoras Augen weiteten sich und er musterte Ella verächtlich.*

*»Was glaubst du, wer du bist, dass du mir diese Information all die Jahre vorenthalten konntest, Ella?«*

*Sie verfiel in ein demonstratives Schweigen, was Ghidoras Gemüt noch verfinsterte.*

*»Nur ein Narr kann glauben, dass er den mächtigen Blutfluss aufhalten kann. Bestenfalls kann er verlangsamt werden, indem dem Betroffenen kein frisches Blut zugeführt wird. Die Zellen brauchen es nämlich, um sich zu nähren. Nur so können sie die entsprechenden Verknüpfungen zu weiteren Zellen herstellen, die für den Transport in den Blutkreis unabdingbar sind und …«*

*Plötzlich hielt er erschrocken inne.*

*»Du wusstest das. Ich habe es dir selbst erzählt, bevor Silas geboren wurde, und wir waren uns damals einig, dass er deshalb täglich frisches Blut erhalten soll. Du hast es ihm nicht gegeben. Wieso nicht? Was hast du bezweckt? Ich brauche dich nur anzuschauen, um zu sehen, dass der Plan, den du hattest, nicht aufgegangen ist!«*

*Ella mimte weiterhin die Stumme. Bevor Ghidoras Geduldsfaden zu zerreißen drohte, meldete sich der verängstigte Silas zu Wort.*

*»Mama? Warum sagst du denn nichts mehr?«*

*»Weil du dann nie wieder mit mir sprechen würdest!«, platzte es aus ihr heraus. Schließlich besann sie sich, holte tief Luft und meinte, dass sie nun, in ihrem verzauberten Zustand, ohnehin alles verloren hätte.*

»Es ist besser, du hörst die ganze Wahrheit von mir, bevor dir irgendjemand Lügengeschichten über meine Beweggründe erzählt«, dabei warf sie einen Seitenblick auf Ghidora.

»Ghidora war ein begehrter Junggeselle. Neben seinem guten Aussehen machte ihn auch seine besondere Herkunft äußerst attraktiv. Als Sohn eines Mitglieds des Hexenzirkels genoss er das Ansehen sämtlicher Waldbewohner und vor allem der Waldbewohnerinnen. Er wurde und wird nach wie vor wie etwas Besonderes betrachtet und auch entsprechend behandelt. Alle Vampirinnen träumten insgeheim davon, seine Frau zu werden. Als ich ihn zum ersten Mal sah, auf einem Knoblauchfest, gehörte ich auch zu jenen Anbeterinnen. Ich wollte unbedingt diejenige sein, die sein Herz erobert. So kam es, dass ich jede erdenkliche Gelegenheit nutzte, um mit ihm ins Gespräch zu kommen oder ihn zufällig zu treffen. Manchmal half ich auch nach, damit sich eine solche Gelegenheit ergab. Mit Erfolg. Ghidora wählte mich unter all seinen Verehrerinnen aus. Mit Stolz genoss ich die neidischen und teilweise bewundernden Blicke der anderen. Du musst aber wissen, dass ich nie liebende Gefühle für deinen Vater hegte. Ich verfolgte mit unserer Verbindung vielmehr eigennützige Interessen. Es gab durchaus eine reelle Chance, dass ein Nachkomme Ghidoras das Gen der primum maleficis in sich tragen würde. Es hat mich nach deiner Geburt überaus gefreut zu erfahren, dass meine Bemühungen nicht umsonst waren und du tatsächlich das Gen in dir trägst. Ab deinem ersten Geburtstag habe ich mit dir ein Experiment durchgeführt. Jede Nacht, wenn du schliefst, habe ich dir hundert Milliliter Blut abgezapft. In der Zeit, in der dich tagsüber Elvina betreute, eilte ich zu meinem Versteck. Dort vermischte ich dein Blut mit frischem Blut, in der Hoffnung, dass es sich verstärken würde. Anschließend versuchte ich, das Blut in meinem Körper durch deines zu ersetzen. Es funktionierte nicht, aber ich wollte es nicht wahrhaben und probierte es jahrelang weiter ...«

*Ghidoras Zorn wuchs mit jedem ihrer Sätze. Irgendwann konnte er nicht mehr an sich halten und stürmte auf Ella zu.*

»Sei endlich still!«, rief er mit bebender Stimme und packte sie am Kragen. Mit Leichtigkeit hob er die geschrumpfte Ella in die Luft und schüttelte sie. Der kleine Silas verfolgte das Geschehen mit weit aufgerissenen Augen. Er wich zurück und verkroch sich eingeschüchtert hinter einem Holzbalken.

»Mir reicht, was ich gehört habe! Ich muss zugeben, die Tatsache, dass du mich nie geliebt hast, tat mir im ersten Moment in der Seele weh, aber als du weitersprachst und erzähltest, dass du unseren Sohn für deine egoistischen Pläne missbraucht hast, blieben nur noch Hass und Verachtung für dich übrig! Du als Vampirin weißt am besten, wie wichtig für die Entwicklung eines jungen Vampirs die regelmäßige Zufuhr von frischem Blut ist. Er hätte es nicht täglich gebraucht, aber regelmäßig. Du hast Silas sein Hauptnahrungsmittel verwehrt und ihn absichtlich geschwächt. Bereits nach dem zweiten Lebensjahr wäre er durch das Gen sonst stärker als du gewesen und er hätte sich deiner erwehren können. Um das zu vermeiden, hast du seine Unterernährung riskiert und letztendlich seinen Tod. Wie lange hättest du noch weitergemacht? Silas hätte im Höchstfall noch ein Jahr überlebt. Dass du unser Kind – dein eigen Fleisch und Blut – aus Egoismus geopfert hättest, ist alles, was ich wissen muss. Geh und verschwinde aus unserem Leben, bevor ich mich vergesse! Verstecke dich so lange, bis dich keiner mehr mit uns in Verbindung bringt, und wage es ja nicht, dich uns noch jemals zu nähern! Fortan gehörst du nicht mehr zu uns«, befahl Ghidora und schleuderte Ella mit aller Gewalt auf den Boden. Sie schlug hart auf und kauerte sich schmerzerfüllt zusammen, ehe sie ihre Kraft zusammennahm und sich aufraffte. Zögerlich wagte sie ein paar Schritte auf den kleinen Silas zu.

»Es wäre gelogen, wenn ich dir sagen würde, dass ich mein Handeln bereue. Dennoch bitte ich dich um Vergebung. Du bist mein Sohn und ich ...«

»War ich nicht deutlich genug? Verschwinde! Halte dich von Silas fern!«

Ghidora verstellte ihr wutentbrannt den Weg und jagte sie tief in den Wald. Ich erfuhr, dass Silas seine Mutter danach nie wiedersah. Nach seiner Rückkehr führte Ghidora seinen Sohn ins Haus und päppelte ihn binnen kurzer Zeit wieder auf. Danach brachte er ihn zu seinem Vater und stellte ihn auch den anderen Mitgliedern des Zirkels vor. Von ihnen wurde er in der Hexenkunst unterwiesen. Über viele Jahre besuchte Silas täglich den Zirkel. Währenddessen versuchten sein Vater und er Ella und ihre Untat zu verdrängen und zu vergessen. Ghidora starb verhältnismäßig früh. Man ließ nach Elvina suchen, die Silas weiter umsorgte, hauptsächlich war er jedoch auf sich selbst gestellt. Als er alt genug war, um sein Elternhaus zu verlassen, errichtete er sich mit seinen magischen Kräften eine Burg und erschuf sich sein eigenes Territorium. Später schloss er sich den Vampirkriegern an. Recht bald zeichneten ihn seine bedingungslose Loyalität und seine Unermüdlichkeit als beinahe unbezwingbaren Kämpfer aus. So kam es, dass er zu einem Mitglied des Rats gewählt wurde. Dort lernte er Lorenzo kennen und wurde sein Freund und ein gern gesehener Gast des Königshauses. Jedoch stellte sich heraus, dass er die Freundschaft in böswilliger Absicht geschlossen hatte. Diese Ära endete, als Silas seine Kräfte genommen und er ins ewige Moor verbannt wurde, aber das ist eine andere Geschichte ...

# II. Kapitel

Gebannt hatte ich die dramatischen Szenen verfolgt. Schweigend und nachdenklich hörte ich Silas zu, als er mir erzählte, wie es nach Ellas Verschwinden für ihn weiterging. Was er erlebt hatte, erschien mir nicht als Entschuldigung für seine Taten, aber ich verstand nun einige seiner Handlungen besser und sah ihn mit anderen Augen. Dass Silas über Situationen gerne die Kontrolle behielt, beruhte auf der Erfahrung des hilflosen Kindes, das von einer Sekunde auf die andere alles verloren hatte, was wichtig war. Insbesondere das Vertrauen in die ihm am allernächsten Stehende – seine Mutter. Sein vordem behütetes Leben verlor die sichere Basis. Ich konnte mit einem Mal kaum mehr glauben, dass die nun gebrechliche Ella die Dreistigkeit besaß, von ihrem Sohn eine lebensrettende Maßnahme zu erwarten, obwohl sie ihm eine solche damals in finsterer Absicht selbst verwehrt hatte. Da hatte ich nun das Dilemma. Einerseits konnte niemand von Silas verlangen, seiner Mutter zu helfen. Andererseits durfte ich nichts unversucht lassen, ihn genau dazu zu bewegen. Denn sonst würde der unbeteiligte und unschuldige Lisandro für ihre Untaten büßen müssen. Wie um alles in der Welt konnte ich Silas überzeugen, seiner Mutter das notwendige Blut zu spenden?

Silas schlug vor, die Reise in die Vergangenheit zu beenden, und ich nickte zustimmend. Hier, am Ort des Geschehens, war ohnehin nicht der richtige Zeitpunkt, um mit ihm über das eben Gesehene zu sprechen. Dass er mich mit in diesen bewegenden Teil seines Lebens genommen hatte, war ohnehin schon mehr Einblick in sein Innerstes, als ich ihn jemals zu erhalten erwar-

*tet hätte. Silas nahm meine Hand und wir schlossen die Augen.* Noch bevor ich sie wieder öffnete, wusste ich, dass gerade etwas passierte, das nie hätte passieren dürfen. Mir blieb vor Schreck beinahe die Luft weg. Und tatsächlich! Wir landeten nicht wie erwartet wieder am Walchensee, sondern in der regulären Zeitzone. Im wahren Leben! Als ich die Augen wieder öffnete, war von der vorherigen Endzeitstimmung nichts mehr zu bemerken. Statt Stille vernahm ich eine Vielzahl von Geräuschen. Licht blendete mich. Die Sonne strahlte vom wolkenlosen Himmel und erwärmte die Erde. Genauer gesagt warf sie ihr gleißendes Licht auf den Herzogstand, einen Berg in den Bayerischen Voralpen, nordwestlich des Walchensees. Es war schönstes Bergwetter. Meilenweit klare Sicht. Es war ein ganz normaler Tag für die Menschen, die bei diesem Wetter nicht in ihren Häusern blieben, sondern die Anhöhen emporkraxelten. Stimmengewirr umgab uns. Eltern ermahnten ihre Kinder, nicht zu nahe an den Abgrund zu treten. Einige Bergtouristen schwärmten über das atemberaubende Panorama. Sie rätselten darüber, welche Namen die einzelnen Seen trugen, wo sich beispielsweise die Murnauer Unfallklinik befand und in welchen Himmelsrichtungen ihre Wohnorte lagen. Wieder andere fotografierten hingebungsvoll sich und die Landschaft oder stellten sich schnatternd zu Gruppenfotos auf. Silas und ich fanden uns mitten unter ihnen wieder. Wir standen direkt neben dem Gipfelkreuz. Er, in seiner ritterähnlichen Kluft, und ich, barfuß und in Jeans, die an den Waden aufgerissen waren, weil ich im ewigen Moor an am Boden liegenden Ästen hängen geblieben war. Wir passten ebenso gut in die Szenerie wie eine Elefantenherde in mein Dorf. Mit weit aufgerissenen Augen sah ich Silas an. Dieser schien ebenfalls leicht beunruhigt zu sein, aber gleichzeitig musterte er die mir vertraute Umgebung interessiert. Anders als beim Verlassen des ewigen Moors war er mir regelrecht entspannt vorgekommen, als wir an den Walchensee gelangt waren, als wäre er nicht zum ersten Mal dort. Vielleicht hatte ich mich aber auch getäuscht. Hier jedenfalls, am Herzogstand, war er seinen Blicken nach zu urteilen noch nie gewesen. Für ihn war der Trip höchstwahrscheinlich eine willkommene Abwechslung von seinen trostlosen Tagen im ewigen Moor. Tatenlos stand er neben mir, denn er hatte schließlich nichts mehr zu verlieren. Es vergingen nur Bruchteile von Sekunden, bis die Menschen um uns herum auseinanderstoben. Panik verbreitete sich wie ein Lauffeuer. Wir waren sichtbar. Mein Herzschlag beschleunigte sich. Ich betete, dass mich auf die Schnelle niemand erkannte. Rasch trat ich nah an Silas heran und wendete ihm Schutz suchend mein Gesicht zu, denn wenn jemand sein Handy zückte und ein Foto von mir schoss, war ich verloren.

»Auf was wartest du? Hexe uns sofort von hier fort!«, befahl ich ihm mit leiser und zittriger Stimme. Silas gehorchte ohne Widerworte. Wir schlossen erneut die Augen. Einen Wimpernschlag später bemerkte ich durch safte Windbrisen, dass wir bereits einen Ortswechsel vollzogen hatten. Als ich gerade erleichtert aufatmen wollte und die Lider öffnete, blieb mir vor Schreck fast das Herz stehen. Wir befanden uns in einer vollen und fahrenden Gondel der Herzogstandbahn auf halbem Weg zum Gipfel! Erschrocken schrien die Menschen auf, als wir plötzlich mitten unter ihnen auftauchten. Sie drängten sich in die Ecken und versuchten vor uns zu zurückzuweichen, was bewirkte, dass die Gondel enorm ins Schwanken geriet. Silas schaltete dieses Mal von selbst. Er stellte sich dicht vor mich und drückte mich an sich, sodass niemand mein Gesicht sehen konnte.

»Ich verstehe nicht, was hier vor sich geht«, murmelte Silas mehr zu sich selbst als zu mir und wisperte erneut einen Spruch. Dieses Mal befanden wir uns, als ich die Augen aufschlug, wieder am Ufer des Walchensees. Ruhig und düster lag das Wasser vor uns. Genauso wie bei unserer Ankunft.

»Du kannst aufatmen. Wir sind in Sicherheit«, meinte Silas und ließ von mir ab.

»Wie konnte das passieren?«, stieß ich hervor. Die Menschen hatten uns gesehen und dieses Mal hatte niemand die Zeit zurückgehext. Sie würden sich alle an uns erinnern.

»Ich habe uns nicht absichtlich unter dein ehemaliges Volk gehext. Das ist von selbst passiert«, entgegnete Silas und hob beschwichtigend die Hände. Ich verdrehte die Augen.

»Das war auch kein Vorwurf gegen dich. Meinst du, dieses Durcheinander ist immer noch die Nachwirkung der Magie des ewigen Moors?«

»Möglicherweise«, meinte er achselzuckend und ich warf ihm einen kurzen misstrauischen Blick zu. Bestimmt wusste er mehr, als er in diesem Moment zugab.

»Also schön. Du weißt genauso gut wie ich, dass wir hier nicht ewig bleiben können. Versuchst du uns zurück in die »Vampirische Region«, die übernatürliche Welt, zu hexen?«, bat ich und setzte damit alles auf eine Karte. Prompt erntete ich einen durchdringenden Blick.

»Unter einer Bedingung. Du gibst mir dein Hexenehrenwort darauf, dass ich nach unserer Ankunft nicht mehr zurück ins ewige Moor muss und mein Leben so weiterführen kann wie vor deinem Erscheinen.«

»Was?«, entgegnete ich entgeistert.

»Wie stellst du dir das vor? Die primum maleficis würden

mich unverzüglich aus ihrer Gemeinschaft werfen! Sie waren es, die das Urteil über dich gefällt haben. Sie würden zutiefst enttäuscht sein, wenn ich mich gegen sie stellen würde. Alle anderen Waldbewohner würden mich hassen, sollte ich ein Bündnis mit dem Feind eingehen. Und Lorenzo und Mila würde ich nie wieder unter die Augen treten können.«

»Was ist die Alternative, wenn du nicht zustimmst? Ella steigt in die passive Sphäre auf und wird auf alle Ewigkeit ihr Geheimnis dorthin mitnehmen – den Aufenthaltsort von Lisandro. Was mit ihm geschehen ist, wird niemals jemand herausfinden. Milas Groll wäre dir sicher. Vermutlich würden dir auch die anderen Waldbewohner, die Mitglieder der primum maleficis und Lorenzo die Entscheidung nicht danken«, konterte er. Im Grunde wusste ich, dass ich keine Wahl hatte. Natürlich half mir Silas nicht um der guten alten Freundschaft willen, denn diese gab es zwischen uns nie, aber sein Preis war hoch. Ich war mir in diesem Augenblick bewusst, dass sich mein Leben bei den Übernatürlichen ändern würde, sollte ich seinem Vorschlag zustimmen, jedoch durfte ich die Nachteile für mich selbst nicht über das Wohlergehen von Lisandro stellen.

»Nur wenn du mir umgekehrt auch dein Hexenehrenwort gibst, dass du Ella hilfst«, forderte ich ein.

»Ich soll dich zurück in den Wald bringen *und* Ella helfen? Ist dir klar, was du von mir verlangst? Das wäre der schlimmste Verrat an meinem Vater!«

»Gut, dann bleiben wir eben hier! Was nützt mir eine Rückkehr in den Wald, wenn ich Lisandro nicht retten kann? Machen wir uns nichts vor, keiner wird mich mit Handkuss begrüßen, wenn du wieder dein Unwesen im übernatürlichen Königreich treibst. Wenn ich schon verachtet werde, dann will ich wenigstens wissen, wofür ich es getan habe!«, erwiderte ich. Knurrend wandte sich Silas von mir ab. Er rang sichtlich mit sich. Mit diesem Gewissenskonflikt musste er erst einmal fertigwerden. Auf gewisse Weise steckten Silas und ich in derselben Zwickmühle. Egal welche Antwort wir beide wählten, es war immer ein Kompromiss, der letztendlich niemanden von uns vollständig zufriedenstellte.

Während Silas überlegte, dachte ich über Ella nach und einen Teil unseres Gespräches.

*»Letztendlich hat sich die vertraute Einsamkeit wieder in mein Leben geschlichen. Mag sein, dass ich es mir selbst zuzuschreiben habe und ich mir mit den anderen mehr Mühe hätte geben müssen … Wie dem auch sei, ich beschloss jemanden zu suchen und in einem anderen Teil des Waldes neu anzufangen.«* Mit meinem derzeitigen Wissen war ich mir nun sicher, dass sie mit dem »anderen Teil des Waldes« das ewige Moor gemeint hatte.

*Als ich mich nach diesem Jemand erkundigte, seufzte Ella und wich mir aus.*

*»Jemand, den ich jetzt dringender gebraucht hätte als je zuvor«, antwortete sie mit einem Anflug von Verzweiflung in der Stimme …* Und dieser »Jemand« war definitiv Silas. Nun ergab dieses Gespräch endlich einen Sinn. Plötzlich fiel mir ein, dass sie sich eine Elfenkrankheit zugezogen hatte …

»Moment mal. Wie kannst du, als Vampir, Ella heilen?«

Silas wandte sich mir zu und setzte sich neben mich auf einen quer liegenden Baumstamm.

»Wie du weißt, hat Lorenzos Familie die Fähigkeit, sich in Lichtgeschwindigkeit von einem Ort zum nächsten zu transportieren. Auch in meiner Familie gibt es eine Besonderheit. Wir besitzen die Gabe, dass unser Blut *alles* heilen kann. Sowohl seelisches Leid als auch physische Beschwerden.«

Ich zog grübelnd die Brauen zusammen.

»Wenn ich richtig verstehe, entsprechen Ellas äußere Hülle, Knochen und Organe denen einer echten Elfe, aber ihr Blut hat sich nicht verändert. Warum braucht Ella dann dich und heilt sich nicht einfach selbst? Das verstehe ich nicht.«

»Dafür gibt es eine einfache Erklärung. Über diese Gabe verfügt nicht Ellas Familie, sondern die meines Vaters. Er kann sie an seine Kinder weitervererben und ich an meine, jedoch kann sie nicht an Partner übertragen werden.«

»Stimmt, ich habe nicht bedacht, dass deine Eltern nicht automatisch beide über diese Gabe verfügen. Nur weil ich mit Lorenzo zusammen bin, heißt das ja auch nicht, dass ich mich ebenfalls in Lichtgeschwindigkeit fortbewegen kann.«

Als ich Lorenzos Namen aussprach, merkte ich mit einem Mal, wie sehr er mir fehlte. Er setzte bestimmt gerade alle Hebel in Bewegung, um mich zu finden. Es kam mir vor, als würde sich die Geschichte wiederholen. Vor etwa einem Jahr war ich bereits einmal spurlos verschwunden. Der Unterschied lag in den mir Nahestehenden, die mich suchten, und in der Welt, in der ich verschollen war. Beim letzten Mal suchte meine Familie nach mir, während ich im Wald gefangen war, und dieses Mal Lorenzo und Mila, während ich in einer Art Zwischenwelt mit Silas eingesperrt war. Ach ja, und eine Zeitreise hatte es bei meinem letzten Verschwinden auch gegeben. Damals traf ich meine verstorbene Oma und dieses Mal besuchte ich die Familie von Silas. Beim letzten Mal gab es ein Happy End, konnte ich auch dieses Mal darauf hoffen? Mein Schicksal hing nun von Silas' Entscheidung ab.

»Bist du bereit Ella zu helfen?«, hakte ich vorsichtig nach.

»Findest du wirklich, dass sie verdient hat, dass ich ihr

helfe? Ich verstehe, dass sie es zu Lebzeiten meines Vaters nicht gewagt hat, sich uns zu nähern. Aber mein Vater starb vor hundertdreißig Jahren. Sie hatte hundertdreißig Jahre lang die Möglichkeit, mit mir Kontakt aufzunehmen. Ich war und bin kein Unbekannter in der übernatürlichen Welt. Wenn sie gewollt hätte, hätte sie mich problemlos finden können. Scheinbar hat sie es nicht für nötig empfunden, und sag jetzt nicht, dass ihr der Mut dazu gefehlt hat, denn in ihrer Not wollte sie mich schließlich auch aufsuchen.«

Ich öffnete den Mund, schloss ihn dann jedoch wieder, denn darauf konnte ich nichts Verteidigendes erwidern. Einst war es Ella schlicht und ergreifend egal, dass ihr Sohn ihr Experiment nicht überlebt hätte. Sie hätte ihn beinahe verhungern und verdursten lassen. Warum sollte es Silas nun umgekehrt nach all den Jahren interessieren, was mit ihr geschah? In gewisser Weise konnte ich seine Vorbehalte sogar nachvollziehen. Silas sah mich herausfordernd an.

»Was ist los? Gehen dir die Argumente aus?«

Ich holte tief Luft und startete meinen letzten Versuch, ihn zu überzeugen, mir zu helfen.

»Es gibt keine Entschuldigung für das Verhalten von Ella und mir ist auch klar, dass du nichts davon hast, wenn sie noch nicht in die passive Sphäre aufsteigt und Lisandro gerettet wird, aber ich weiß, dass deine Seele nicht vollständig dunkel ist und irgendwo in dir ...«

Silas unterbrach mich und boxte mich schmunzelnd in die Seite.

»Helena. Wir sind nicht in einer erfundenen Geschichte. Das hier ist kein Buch und auch kein Film. Das ist die Realität. Die Bösen werden nicht immer plötzlich zu Guten. Sieh in mir nicht etwas, das ich nicht bin und niemals sein werde.«

»Was soll das bedeuten? Dass du mir in den letzten Tagen, Stunden oder wie viel Zeit auch immer wir hier zusammen eingesperrt sind, nur etwas vorgespielt hast? Meiner Ansicht nach hast du dich nicht wie der meistgefürchtetste Vampir aller Zeiten betragen, sondern beinahe wie ein Freund.«

»Ich habe dir nichts vorgespielt, wenn ich gewollt hätte, hätte ich längst ausnutzen können, dass du derzeit über deine Hexenkräfte nicht verfügst.«

»Warum hast du es nicht getan, Silas? Warum hast du meine Lage nicht ausgenutzt?«

»Weil ich dich irgendwie mag«, gestand er und seufzte laut auf.

»Was?«, fragte ich verblüfft.

»*Du* hast Gefühle? Anscheinend bist du doch dazu fähig, Sympathien für andere zu empfinden außer für dich selbst. Ich fühle mich wirklich geehrt.«

»Sei nicht albern. Du wirst eine Ausnahme bleiben. Und ja, du kannst dir etwas darauf einbilden. Und wage es ja nicht, diese Tatsache auf die Probe zu stellen. Wie du selbst erfahren hast, kann ich auch anders.«

Dass er auch anders konnte, brauchte er mir wirklich nicht zweimal zu sagen. Silas war der Einzige, den ich kannte, der mich während eines Gesprächs zum Lächeln brachte und gleichzeitig dazu, dass mir ein kalter Schauer über den Rücken lief und sich meine Nackenhaare aufstellten. Ich versuchte Letzteres zu ignorieren und kam auf den Punkt.

»Zurück zum Thema. Wird es eine Abmachung zwischen uns geben? Sollte es klappen, dass du uns zurück in den Wald hext, gibst du Ella dann von deinem Blut ab? Im Gegenzug sorge ich dafür, dass du dein altes Leben im Wald weiterführen kannst.«

Gespannt wartete ich auf seine Antwort.

»Mir bleibt wohl nichts anderes übrig, als zuzustimmen. Andernfalls lande ich früher oder später wieder im ewigen Moor, denn wir werden hier, am Walchensee, nicht ewig festsitzen. Du hast mein Hexenehrenwort«, sagte er schließlich.

»Und ich gebe dir meines«, beteuerte ich. Wir besiegelten unser Versprechen, indem wir jeweils unsere Hand ausstreckten, die zum Herzen führte. Als unsere Handflächen sich berührten, leuchteten sie einen Wimpernschlag lang auf und kleine Blitze regneten herab.

## 12. Kapitel

Ich hatte aufgehört zu zählen, wie oft Silas versucht hatte, uns aus dieser Zwischenwelt herauszuholen. Meine Hoffnung schwand von Zauber zu Zauber mehr. Niedergeschlagen stapfte ich auf und ab.

»Helena, du machst mich ganz nervös! Such dir einen Platz und an dem bleib dann stehen«, ordnete Silas an und ich stellte mich neben ihn.

»Gut. Ich werde es jetzt noch einmal versuchen«, kommentierte er meine Wahl und schloss konzentriert seine Augen. Als er sie wieder öffnete, umschloss er meine Hand.

»Komm, gehen wir ein paar Schritte.«

Während wir einen Fuß vor den anderen setzten, murmelte Silas weiter unverständliche Worte. Bereits nach kurzer Zeit tat sich vor uns in der Luft ein Loch auf. So etwas wie ein Gebläse darin erzeugte einen starken Luftstrom, der uns einsog wie ein Staubsauger. In einer unermesslichen Geschwindigkeit flogen wir schreiend hindurch und landeten unsanft vor dem Eingang des ewigen Moors.

»Es hat funktioniert!«, rief ich erleichtert aus und wir rappelten uns auf. Täuschte ich mich, oder war Silas schon wieder kleiner geworden? Was war nur mit meiner Wahrnehmung los? Während ich mir die Erde von der Hose klopfte, hörte ich plötzlich eine vertraute Stimme.

»Da bist du ja!«

»Ah, der Staubwedel ist immer noch lila.«

Ich wirbelte herum und blickte in die erfreuten Augen meiner Feder.

»Ich bin so froh, wieder hier zu sein«, seufzte ich und erntete einen verwirrten Blick von ihr.

»Es hört sich ja so an, als wärst du ewig weg gewesen.«

»War ich das nicht? Warum bist du überhaupt hier? Wurde dir, nachdem du ins Schloss zurückgekehrt warst, befohlen, den Eingang zum ewigen Moor zu bewachen? Musstest du den ganzen Weg alleine hin- und zurückfliegen? Wer hat ...«

»Helena, warte. Wenn du nicht gleich wieder aufgetaucht wärst, wäre ich zurückgeflogen und hätte Lorenzo und Mila informiert. Das war jedoch nicht nötig, denn ihr wart ja keine Minute weg«, erklärte sie mir.

»Wie kann das möglich sein? Warum ist in der übernatürlichen Welt während unseres *Ausflugs* keine Zeit vergangen?«, fragte ich fassungslos und wandte mich an Silas. Cleopha versuchte unterdessen ebenfalls erst einmal zu verarbeiten, dass wir eine längere Reise hinter uns hatten.

»Wir haben uns in einer Art Zwischenwelt aufgehalten. Sie ist zeitlos«, erwiderte er.

»Was weißt du noch alles über diese Zwischenwelt?«, hakte ich nach.

»Ich denke, dir das alles zu erklären, dafür ist im Augenblick keine Zeit. Habt ihr nicht eine Mission zu erfüllen? *Jetzt* läuft die Uhr nämlich wieder«, konterte er mit verschränkten Armen und einem hämischen Lächeln im Gesicht.

Ich musste ihm recht geben und sagte: »Ich schlage vor, wir fliegen direkt ins Sternenreich. Silas, bist du so freundlich, uns dein Flugwerk zur Verfügung zu stellen?«

»Euer Wunsch ist mir Befehl, Königin Helena«, entgegnete er und hexte einen Besen herbei. Wir stiegen auf und ich winkte Cleopha zu mir.

»Magst du auf meiner Schulter sitzen?«

Sie nickte und warf mir fragende Blicke zu. Während Silas mit dem Besen abhob, berichtete ich Cleopha in Kurzfassung von den Geschehnissen in meiner *letzten Minute*. Die Geschichte von der Reise in Silas' Vergangenheit ließ ich aus. Zum einen, weil er direkt vor mir saß und mich hören konnte, und zum anderen hatten wir andere Probleme. Ich erzählte ihr von meinen verloren gegangenen Kräften und von dem wechselseitigen Versprechen, das Silas und ich uns gegeben hatten. Mit weit aufgerissenen Augen hörte sie mir zu.

»Bitte sag mir, dass du mich für diese Entscheidung nicht hasst.«

Meine Stimme bebte und Tränen sammelten sich bereits in meinen Augen. Sie strich mir mit ihrem Flaum über mein Gesicht.

»Ich kann dich gar nicht hassen. Hast du vergessen, dass ich *deine* Feder bin?«, fragte sie liebevoll.

»Egal was kommt, ich habe dir meine Treue und Loyalität geschworen und diesen Schwur werde ich auch nie brechen. Abgesehen davon finde ich, dass du nichts falsch gemacht hast. Dir ist keine andere Wahl geblieben.«

Ich warf ihr einen dankbaren Blick zu. Cleophas Loyalität war wirklich unermesslich und unersetzlich wertvoll für mich.

»Du bist wirklich die beste Feder, die man sich nur wünschen kann.«

»Ist euer sentimentaler Ausbruch endlich zu Ende?«, erkundigte sich Silas gereizt. Ich verdrehte die Augen und ignorierte ihn. Stattdessen bat ich Cleopha darum, eine Nachricht zu übermitteln.

»Ich muss Lorenzo unbedingt über den aktuellen Stand der Dinge informieren. Mila hat sicher noch nicht das Schloss erreicht. Nach der Zeitrechnung der übernatürlichen Welt ist sie erst vor etwa einer Stunde losgeflogen.«

Einige Augenblicke später hielt ich das Buch in meinen Händen. Cleopha flog zwischen meine Finger. Ich umschloss ihren Schaft und begann zu schreiben.
*Lorenzo, kannst du diese Nachricht lesen?*
Es dauerte nicht lange und ein feiner, glitzernder Luftschleier stieg aus der Seite und die Buchstaben begannen auf magische Weise über der Seite zu tanzen. Cleopha reihte sich bei ihnen ein. Ein weiteres Mal wurden die Buchstaben durcheinandergewirbelt, ehe sie in ihr verschwanden und sie zu schreiben anfing.
Lorenzo: *Hallo, Helena, ja, ich bin froh über dein Lebenszeichen.*
Ich: *Weilt Ella noch im Sternenreich oder ist sie bereits in die passive Sphäre aufgestiegen?*
Lorenzo: *Sie ist sehr geschwächt, aber noch im Baumhaus. Konntest du etwa Silas in der Kürze der Zeit schon finden und ihn überzeugen mitzukommen?*
Ich: *Das mit der »Kürze der Zeit« ist relativ, aber ja, ich habe ihn gefunden und konnte ihn überzeugen. Aber nur unter einer Bedingung: Dass er nach Ellas Rettung sein Leben weiterführen darf wie in der Zeit vor seiner Verbannung ins ewige Moor. Ich habe dem zugestimmt. Ich musste zustimmen, sonst werden wir Lisandro niemals befreien können.*
Ich biss mir auf die Lippe, nachdem ich die Nachricht versandt hatte. Ich fürchtete Lorenzos Reaktion. Die Antwort kam prompt.
Lorenzo: *Cleopha, hast du Helenas Nachricht korrekt wiedergegeben? Oder habe ich mich verlesen? Soll Silas demnächst tatsächlich wieder sein Unwesen im Wald treiben, so, als wäre nichts gewesen?*
Ich wusste, dass er wütend werden würde, wenn er die Wahrheit erfuhr, und mit einem Mal wurde ich es auch.
Ich: *Cleopha hat die Nachricht korrekt übermittelt. WAS hätte*

ich denn anderes machen sollen, als Silas' Forderung zu akzeptieren? Ich hatte keine andere Wahl. Meinst du, er wäre plötzlich zum Märtyrer geworden und würde mich freiwillig, weil er so hilfsbereit ist, mir nichts dir nichts ins Sternenreich begleiten und dann wieder ins ewige Moor zurückkehren? Du solltest ihn gut genug kennen, um zu wissen, dass dem nicht so ist!

Lorenzo: *Es tut mir leid, Helena, entschuldige meinen Unmut. Wenn es um Silas geht, sehe ich rot. Ich habe eine Idee. Sie ist zwar gemein und entspricht normalerweise nicht meiner Art, aber ich muss die Waldbewohner vor diesem grausamen Tyrannen schützen: Halte Silas hin, solange es geht. Nachdem er Ella geholfen hat und wir Lisandros Aufenthaltsort herausgefunden haben, verbannst du ihn einfach wieder ins ewige Moor. Er ist schwach und wird nichts gegen deinen Zauber ausrichten können.*

Ich schluckte schwer, bevor ich ihm zurückschrieb.

*Da gibt es zwei Probleme. Erstens: Ich habe unsere Abmachung mit meinem unwiderruflichen Hexenehrenwort besiegelt. Und zweitens: Ich habe meine Kräfte im ewigen Moor verloren.*

Lorenzo: *WAS?*

»Du verhältst dich so still, Helena. Ist alles in Ordnung?«, fragte Silas.

»Ja! Und jetzt konzentriere dich lieber aufs Fliegen!«, raunzte ich ihn an.

»Was ist denn dir für eine Laus über die Leber gelaufen? Und da sage noch einer, Männer sind *emotional flexibel*!«

»Halt den Mund, Silas«, zischte ich. Ich sah Cleopha an und formte die Worte »Was soll ich denn jetzt machen?« lautlos mit den Lippen.

*Momentan kannst du nicht viel ausrichten. Die Zeit wird dir den richtigen Weg weisen,* wisperte die Stimme in meinem Kopf. Erschrocken wirbelte ich nach hinten, sodass der Besen gefährlich ins Schwanken geriet. Silas reagierte augenblicklich und brachte ihn wieder in die richtige Position.

»Mach das nicht noch mal!«, schrie er mich an.

»ES TUT MIR LEID!«, schrie ich zurück und im selben Moment war es mir wirklich peinlich, wie ich mich benahm. Er hatte mir nichts getan, zumindest in den letzten fünf Minuten nicht, und ich ließ meinen Zorn an ihm aus, obwohl er für meine Schwierigkeiten (ausnahmsweise) mal nicht verantwortlich war. Na ja, in gewisser Weise schon. Er hatte schließlich diese unmögliche Bedingung gestellt und ich musste es ausbaden.

»Es tut mir wirklich leid«, fügte ich noch etwas versöhnlicher hinzu, denn einen Streit mit Silas vom Zaun zu brechen konnte ich mir nicht leisten. Ohne sein Mittun war alles umsonst.

»Hör am besten auf zu schreiben und halte dich mit beiden Händen an mir fest. Wir können nicht riskieren, dass du abstürzt«, riet er mir. Er nahm an, ich hätte wegen des Buches das Gleichgewicht verloren. Ich ließ das Buch los, das augenblicklich geräuschlos in der Luft verpuffte, und klammerte mich mit beiden Händen an Silas fest. Er sollte in dem Glauben bleiben, dass ich deshalb die Balance verloren hatte. Von der mysteriösen Stimme wollte ich vor ihm nicht sprechen. Cleopha ließ sich wieder auf meiner Schulter nieder und warf mir einen besorgten Blick zu.

»Wenn ich schon einmal eine Freundin habe, will ich sie nicht gleich wieder verlieren«, meinte Silas und drehte sich zwinkernd zu mir um. Ich erwiderte seine Spöttelei mit einem aufgesetzten Lächeln. Es war ein seltsames Gefühl, dass Silas mich als *eine Freundin* sah. Empfand ich ihn umgekehrt auch als einen Freund? War es überhaupt möglich, mit einer Kreatur wie Silas befreundet zu sein?

»Wer solche Freunde hat, braucht wahrlich keine Feinde. In diesem Fall trifft der Spruch den Nagel auf den Kopf«, kommentierte Cleopha seine Bemerkung und kicherte. Ich ließ ihre Anmerkung in der Luft hängen, in dem Wissen, dass auch Silas sie hören konnte.

Ich spürte, wie sich Silas mit jeder Meile mehr anspannte. Stunde um Stunde verging und nach einer endlos erscheinenden Zeit näherten wir uns dem Sternenreich.

»Wir sind gleich da«, informierte er uns und wir gingen in den Sinkflug über. Kurze Zeit später landeten wir vor der überwachsenen kleinen Pforte. Wir stiegen von dem Besen ab und gingen das Treppchen empor, dessen Stufen auf magische Weise wuchsen. Ich berührte die Klinke der zwergenhaften Tür und der Eingang vergrößerte sich ebenfalls. Noch ehe ich einen Fuß ins Sternenreich setzen konnte, traten vier Wachen der königlichen Garde vor und ich stand Eskebarn gegenüber. Sie begrüßten mich und verbeugten sich.

»Hallo, Eskebarn, ich bringe Silas mit und führe ihn jetzt zu Ella«, verkündete ich, trat zur Seite und gab den Blick auf Silas frei. Ehrfürchtig wich der Troll zurück. Wahrscheinlich erschreckte ihn Silas' Größe.

»Bringen wir es hinter uns«, meinte Silas leger und schob mich vor sich her durch den Eingang. Ich führte ihn zu Ellas Baumhaus. Noch bevor ich höflichkeitshalber an ihrer Tür klopfen konnte, riss Silas sie einfach auf. Ella ruhte wie ein Häufchen Elend in ihrer Hängematte und schlief tief und fest. Silas starrte sie so verächtlich an, dass ich mir für einige Augenblicke Sorgen machte, ob er seinen Teil der Abmachung einhalten würde. Mir fiel auf, dass Ellas Haarfarbe im Sekundentakt wechselte. Von leuchtenden Regenbogenfarben bis zum tiefsten Nachtschwarz reichte die Farbpalette.

»Ich wusste gar nicht, dass Elfen ihre Haarfarbe wechseln können«, warf ich in den Raum, um zu testen, ob Silas noch ansprechbar war. Er wandte seinen Blick von Ella ab und sah mich mit seinen undurchdringlichen smaragdgrünen Augen an, sodass mir ein kalter Schauer über den Rücken lief.

»Das ist eine Nebenwirkung des einstigen Zaubers. Ellas Haarfarbe wechselt je nach Stimmung. Momentan ist sie wahrscheinlich durcheinander, weil es dem Ende zugeht, und sie kann diesen Effekt nicht mehr kontrollieren«, erklärte er kühl und trat näher an seine Mutter heran.

»Hilf ihr, bevor es zu spät ist«, flüsterte ich. Ich spürte, wie sehr es ihm widerstrebte, aber er riss sich mit den Fangzähnen eine Vene an seinem Handgelenk auf. Er hexte sich ein Glas herbei und ließ sein Blut hineintropfen. Als es voll war, überreichte er es mir.

»Geben musst du es ihr schon selbst«, fauchte er mich an, und ehe ich mich's versah, brauste er davon, sodass Cleopha durch den aufkommenden Windstoß durch den Raum gewirbelt wurde. Ich eilte ihr nach und fing sie auf, ehe sie gegen die Wand prallte.

»Danke«, keuchte sie. Als wir wieder zu Atem kamen, tönte uns eine brüchige und leise Stimme entgegen.

»Wer ist da?«

Es war Ella. Ich trat an ihr Lager und hielt ihr das Glas mit dem Blut entgegen.

»Hier ist das, was du gefordert hast. Das Blut von Silas.«

»Wie hast du das geschafft?«, wollte sie wissen.

»Das spielt keine Rolle. Soll ich dir beim Trinken helfen oder kannst du das Glas selbst in die Hand nehmen?«

Mühsam richtete sie sich auf und ergriff das Glas. Nachdem sie einen Schluck getrunken hatte, nahm ihr Teint bereits wieder seine normale Farbe an und ihre Haare blieben blond. Ich riss ihr das Glas aus der Hand, bevor sie weitertrinken konnte.

»Vergiss unsere Vereinbarung nicht. Wo ist Lisandro?«

»Er ist in meinem Versteck, in den tiefen Höhlen der letzten Meerjungfrauen.«

Davon hatte ich noch nie gehört. Fragend sah ich Cleopha an. Diese nickte wissend. Sie kannte den Ort.

»Wir dürfen keine Zeit verlieren. Los, komm, Cleopha.«

»Danke, Helena«, murmelte Ella leise, bevor ich aus der Tür lief. Ich wandte mich noch einmal um und sah ihr lange in die Augen.

»Danke nicht mir. Es ist das Blut deines Sohnes, das dich heilt, nicht meines.«

# 13. Kapitel

Ich stürmte mit Cleopha an meiner Seite zum Ausgang des Sternenreichs. Erst nach Passieren der Pforte wurde mir schlagartig klar, dass ich mich ohne meine Hexenkräfte gar nicht über längere Strecken fortbewegen konnte.

»Mist. Was machen wir denn jetzt?«, rief ich verzweifelt aus.

»Ich werde dich hinbringen und keiner außer dir und dem Staubwedel wird mit uns kommen!«

Ich fuhr auf und wich erschrocken zurück, als Silas plötzlich vor mir stand. Ich hielt mir die Hand auf mein pochendes Herz.

»Warum soll niemand anders mitkommen?«, wollte ich skeptisch wissen. War das eine Falle?

»Diese Verwicklungen sind ein Teil *meiner* Vergangenheit und die geht niemanden etwas an, verstanden?«

Ich beschloss ihm zu vertrauen.

»Ich verstehe, dass du deine Geschichte nicht preisgeben willst«, erwiderte ich und drängte: »Los, brechen wir auf.« Im Nu flogen wir auf seinem Besen hoch in die Luft und überquerten die vertraute Landschaft. Eine sanfte Brise wehte mir entgegen und ich genoss den Fahrtwind. Meine Gedanken kreisten um Ella. Der schwierigste Part meiner Mission war geschafft. Sie war geheilt. Nun mussten wir noch Lisandro befreien und herausfinden, welches Geheimnis er mit Ella teilte. Kurz bevor wir am Ziel ankamen, überzeugte ich Silas, dass ich Lorenzo eine Nachricht schreiben musste.

»Es waren Wachen der königlichen Garde an der Pforte

des Sternenreichs. Sie haben uns zusammen wegfliegen sehen, was meinst du, was das für einen Eindruck hinterlassen hat? Wenn du willst, dass niemand nach uns sucht und du ungestört das Versteck auskundschaften möchtest, muss ich Lorenzo schreiben, was wir vorhaben.«

Halbherzig willigte Silas ein und ich hielt wenige Augenblicke später das Buch in meinen Händen. Ich schlug es auf und begann mit Cleophas Hilfe zu notieren.

*Hallo Lorenzo,*
*bestimmt hast du es bereits erfahren: Ella hat das Blut von Silas bekommen. Wie vereinbart hat sie uns den Aufenthaltsort von Lisandro verraten. Du kannst nun den offiziellen Befehl erteilen, die Suche einzustellen.*
*Silas bringt mich zu Lisandro. Cleopha ist bei mir. Bitte vertraue mir und sorge dafür, dass uns niemand folgt.*
*Deine Helena*

Es dauerte nicht lange und die Buchstaben begannen auf magische Weise über der Seite zu tanzen.

*Hallo Helena,*
*ich werde veranlassen, die Suche einzustellen, und sorge dafür, dass euch niemand folgt. Ich vertraue dir, aber ich hoffe, dass du selbst nicht dem Falschen vertraust. Silas ist unberechenbar. Pass auf dich auf …*
*Dein Lorenzo*

Noch bevor ich zu einer Antwort ansetzen konnte, landeten wir an einem verborgenen Ufer des eisblauen Sees.

»Die Höhlen der letzten Meerjungfrauen sind hier?«, fragte ich verblüfft.

»Das ist quasi das Zentrum der übernatürlichen Welt. Warum um alles in der Welt konnte niemand Lisandro finden?«

»Der eisblaue See steckt voller Magie der primum maleficis. Ortungszauber anderer Wesen durchdringen nicht die Wasseroberfläche. Das wissen alle, die der Hexenkunst mächtig sind. Ich bin sicher, es hat dort niemand nach Lisandro gesucht, weil keiner vermutet hat, dass er dort gefangen gehalten wird. Wie du weißt, ist der eisblaue See kein gewöhnlicher Badeweiher. Waldbewohner, die nicht darin hausen, begeben sich auch nicht hinein. Es sei denn, sie suchen die Kugel der Vergangenheit auf. Abgesehen davon scheuen viele Übernatürliche das Wasser. Gerade Elfen schrecken vor Nässe zurück, weshalb es unmöglich schien, dass Ella Lisandro hierhergebracht hat«, erklärte Cleopha und schwebte vor mir auf und ab.

»Ella hat wirklich an alles gedacht«, bemerkte ich und ließ meinen Blick über das glitzernde Wasser schweifen. Ich war fasziniert davon, dass das Wasser glasklar war und dennoch keinen Blick unter die Oberfläche gestattete. Ich war wirklich gespannt, was sich darunter verbarg.

»Wie kommen wir zu den Höhlen?«, wollte Cleopha wissen und wandte sich an Silas.

»Wir lassen uns von den Meerjungfrauen selbst hinbringen«, erläuterte er. Silas lehnte seinen Besen an einen Felsen und kniete sich an das Ufer. Er berührte mit einer Hand die Wasseroberfläche und wisperte leise einen Spruch. Es dauerte nicht lange und seine Hand wurde von einem Leuchten umgeben. Kurze Zeit später verfärbte sich die eisblaue Oberfläche, in einem gewissen Radius wurde das Wasser *durchsichtig* und gab den Blick auf den Seegrund frei. Es war, als blickte man vom Strand einer karibischen Insel aus auf den Meeresgrund. Die Farbe des Wassers war türkisblau. Der Sand auf dem Boden war perfekt wellig geformt und mit Korallenriffen besetzt.

»Sind sie das?«, fragte Cleopha, die ebenso fasziniert zu sein schien wie ich, und deutete auf das Wasser. Da entdeckte ich es auch. Flossen in den schillerndsten Farben blitzten hier und da für wenige Augenblicke aus dem Wasser und tauchten kurze Zeit später wieder unter.

»Ja, das sind die Meerjungfrauen«, bestätigte Silas und im nächsten Moment tauchten drei bildhübsche Gestalten vor uns aus den Wellen auf. Sie verneigten sich und stellten sich vor.

»Ich bin Saphira.«

»Ich heiße Yara.«

»Und mein Name ist Maila. Was können wir für euch tun?«

»Bringt uns zu Ellas Versteck«, forderte Silas und sie sahen einander erschrocken an.

»Woher wisst ihr davon?«, fragte Saphira.

»Ella hat es uns selbst erzählt«, erklärte ich ihr. Saphira sah mich besorgt aus ihren funkelnden indigovioletten Augen an, die mit samtigen Wimpern umrahmt waren, die dreimal so lang waren wie meine. Bestimmt hatten sie Angst, dass ihnen eine Strafe drohte, wenn sie uns zu Lisandro brachten.

»Ich versichere euch, dass euch nichts geschehen wird, wenn ihr uns zu Lisandro bringt«, beteuerte ich, nur Silas verlor allmählich die Geduld.

»Entweder ihr führt uns jetzt freiwillig dorthin oder ich zwinge euch dazu!«

Ich nahm an, dass sie spürten, dass er es ernst meinte und dass etwas geschehen war, das ihm seine Kräfte wiedergegeben hatte, und er wieder der war, der er einst war. Sie nickten eilig und erklärten uns, dass wir gemeinsam dorthin schwimmen würden. Dazu sollten wir ins Wasser kommen und uns an ihren Rückenflossen festhalten.

»Sollen wir angezogen zu euch kommen?«, wollte ich irritiert wissen und die drei lächelten belustigt.

»Du wirst nicht nass werden«, antwortete Maila und

kicherte. Ich trat ins Wasser und sah mich nach Cleopha um. Die Feder schwebte immer noch neben dem Besen von Silas.

»Was ist los, Cleopha?«, fragte ich.

»Um ehrlich zu sein, ist Wasser nicht mein Element. Mir wäre es lieber, wenn ich hierbleiben könnte. Nicht nur meinetwegen, sondern auch um Hilfe zu holen, falls etwas schiefgehen sollte. Vergiss nicht, dass momentan niemand weiß, wo wir uns befinden. Abgesehen von Ella. Sollte ich in drei Stunden kein Lebenszeichen von euch erhalten, werde ich Lorenzo benachrichtigen.«

»Das klingt vernünftig«, ich warf ihr einen dankbaren Blick zu und ging ein paar Schritte weiter ins Wasser hinein.

»Helena, du kannst dich bei mir festhalten«, bot Saphira an und ich griff nach ihrer schuppigen Haut. Wir glitten als Erste unter Wasser. Mit einem Mal wurde meine Haut von einer dünnen Hülle umgeben. Es fühlte sich wie eine zweite Haut an, die mich auch unter Wasser atmen ließ. Saphira wandte sich zu mir um und deutete mit dem Daumen nach oben. Ihr Schuppenkleid funkelte beeindruckend in Honig-, Pfirsich- und Veilchentönen im reflektierenden Sonnenlicht. Neben mir schwamm Silas gemeinsam mit Yara. Ihr Schuppenkleid bestand aus schilffarbigen und grasgrünen sowie rubinroten Elementen, was eindrucksvolle Kontraste bildete. Maila folgte uns dichtauf. Ihre Farben waren Brombeer, Flamingorosa und Pazifikblau. Jedoch beeindruckte mich nicht nur die Schönheit der Meerjungfrauen, sondern auch die restliche Unterwasserwelt. Sie war bunt und paradiesisch anzuschauen. Wir trieben gemächlich durch das Wasser und um uns herum schwammen verschiedenste einzigartige noch nie zuvor gesehene Wesen. Nach einer Weile verständigten sich Saphira, Yara und Maila untereinander.

Danach wandte sich Saphira an mich und an Silas.

»Eure Körper haben sich nun an die Wassertemperatur angepasst und eure Lungen haben sich an das Atmen unter Wasser gewöhnt. Wir werden nun in größere Tiefen tauchen.«

# Eine Stunde später und 11 000 Meter tiefer

Nachdem wir die Wasseroberfläche weit hinter uns gelassen hatten, entfernten wir uns auch von dem bunten Treiben. Umso tiefer wir schwammen, umso düsterer wurde es um uns herum. Es schien, als hinge ein Nebelschleier in den Tiefen des eisblauen Sees. Von Silas, der nur wenige Meter neben mir schwamm, erkannte ich nur noch die Umrisse.

»Wir sind jetzt da«, verkündete Saphira und wir stießen unversehens auf einen harten Untergrund. Die Sicht wurde eine Spur klarer und ich sah, dass sich vor uns mehrere Felsen mit etlichen Höhleneingängen türmten.

»Das sind die Höhlen der Meerjungfrauen«, erklärte Yara, als Silas sie losließ.

»Was macht sie so besonders?«, fragte ich und berührte die bräunlichgraue Gesteinsmasse. Während ich sprach, sprudelten unzählige kleine Blubberbläschen aus meinem Mund. Es war ungewohnt, dass ich unter Wasser sprechen konnte und vor allem, dass ich mich mit anderen verständigen konnte ...

»Eine Besonderheit ist der Standort. Der eisblaue See ist für alle anderen Bewohner unergründlich, weil niemand so tief tauchen kann wie wir. Hier, an dieser Stelle, befinden wir uns in 11 000 Meter Tiefe. Der tiefste Punkt der Weltmeere, eine Tiefseerinne, misst ebenfalls diese Zahl. Er liegt im westlichen Pazifischen Ozean und ist bekannt als Marianengraben. Ich habe gehört, dass diese Stelle 2 400 Kilometer lang sein soll«, erzählte Yara und Maila ergänzte, dass die Umgebung der Höhlen jedoch überschaubarer sei.

»Können wir jetzt aufbrechen?«, drängte Silas ungeduldig. Saphira nickte und bedeutete uns ihr zu folgen.

»Ab hier folgt uns besser zu Fuß. Die Gänge sind teilweise äußerst schmal, sodass man sie nur einzeln passieren kann«, erklärte sie und schwamm langsam voraus. Wir gingen ihr hinterher. Die Schuppenkleider der drei Meerjungfrauen begannen im Dunkel der Höhle mit einem Mal zu leuchten, was eine willkommene Lichtquelle war. Die Gänge waren verwinkelt und tatsächlich an einigen Stellen sehr eng. Durch den Widerstand des Wassers kamen Silas und ich nur schleppend voran.

»Dauert es noch lange?«, fragte ich nach einer Weile und hielt mich am nächsten Felsvorsprung fest, um mich von ihm abzustoßen.

»Wir sind gleich da«, kündigte Saphira an und verhielt kurze Zeit später vor einer verschlossenen altertümlichen Tür, in der ein überdimensionaler Schlüssel steckte. Saphira sperrte die Tür auf und drückte sie zur Seite. Wir schritten hinein. Mit aufgerissenen Augen erkundete ich den Raum. Lehmige, bröckelnde Wände umgaben uns. Die Decke hing tief herab, sodass Silas, der sehr groß war, gerade noch so Platz darunter fand. In dem Raum standen Tische, auf denen verschieden geformte und unterschiedlich große Gefäße abgestellt waren. In manchen befand sich eine helle Flüssigkeit, aus der Rauch aufstieg. Andere waren durch Schläuche miteinander verbunden, durch die eine rote Flüssigkeit rann. Ich nahm an, dass es sich um das Blut von Silas handelte. Ein breites Regal, in dem Pipetten und andere Utensilien aufbewahrt wurden, teilte den Raum in zwei Teile. Ich fühlte mich in das Chemielabor meiner alten Schule zurückversetzt.

»Wie ist es möglich, dass all diese Dinge im Wasser in den Regalen stehen bleiben und nicht weggeschwemmt werden?«, erkundigte ich mich. Die Meerjungfrauen erklärten mir, dass die besonderen Verhältnisse in den Höhlen in der Magie des eisblauen Sees begründet lagen.

»Wir können in ihnen unter Wasser ebenso leben wie die Übernatürlichen außerhalb des Wassers.«

Ich nickte, und während Silas gebannt den Inhalt der Gefäße erkundete, warf ich den Meerjungfrauen einen fragenden Blick zu.

»Könnt ihr mir zeigen, wo Lisandro ist?«

Sie schwammen zum Regal und schoben es ein Stück beiseite, damit ich vorbeigehen konnte. Mit pochendem Herzen trat ich ein paar Schritte hinter das Regal. Hoffentlich hatte Ella uns nicht betrogen und Lisandro war wirklich hier! Erleichtert atmete ich auf, als ich den schlafenden Lisandro nicht weit entfernt entdeckte. Er kauerte gefesselt und geknebelt in einer Ecke. Ich rief seinen Namen, doch er hörte mich nicht. Als ich ihn erreichte, begann ich ihn zu schütteln, erst sacht, dann fester, doch er reagierte nicht. Panik schnürte meine Kehle zu.

»Kommen wir zu spät? Ist er tot?«, fragte ich verzweifelt.

Saphira legte ihre Hand an die Stelle seines Herzens.

»Nein, er ist nur bewusstlos. Wer eine Meerjungfrau berührt, ist nicht dauerhaft immun gegen Wasser. Langsam löst sich die Schutzhaut bei Lisandro, wir sollten ihn schleunigst an die Oberfläche bringen, damit er wieder normal atmen kann.«

# 14. Kapitel

Nach Saphiras Erklärung ging alles sehr schnell. Wir verließen die Höhle und die Meerjungfrauen brachten uns zurück zum Ufer. Silas sprach während der einstündigen Wasserreise kein Wort, er wandte sich erst an mich, als wir unser Ziel erreichten.

»Ich werde jetzt nach Hause gehen, Helena. Versprich mir, dass du meine Familiengeschichte für dich behältst.«

Ich nickte und einen Wimpernschlag später war er verschwunden. Bevor ich weiter nach ihm sehen konnte, hörte ich Lisandro husten. Cleopha und die Meerjungfrauen hatten sich um ihn versammelt und sahen mich erwartungsvoll an.

»Wir bringen ihn erst einmal zum Schloss. Dort kann er versorgt werden und anschließend wird er Lorenzo, Mila, dem Rat und mir einige Fragen beantworten müssen.«

Da meine Kräfte nach wie vor nicht zurückgekehrt waren, schrieb ich mithilfe von Cleopha eine Nachricht an Lorenzo, damit er jemanden schickte, der uns abholte. Wir verabschiedeten uns von den Meerjungfrauen und wenige Zeit später tauchte Runa am Himmel auf.

Als wir am Schloss ankamen, empfingen uns vier Trolle, die Lisandro augenblicklich versorgten. Mila stürmte aus dem Torbogen und umarmte mich.

»Ich bin so froh, dass du wieder da bist. Danke, dass du das für mich gemacht hast.«

»Du hättest dasselbe für mich getan«, wehrte ich ab und meinte lächelnd, »und jetzt los, begrüße Lisandro.«

Das brauchte ich Mila nicht zweimal zu sagen. Sie eilte

zu Lisandro. Als mein Blick Lorenzo suchte, trat der bereits aus dem Torbogen. In seinen Augen las ich Freude, aber auch eine Spur Enttäuschung. Das versetzte mir unwillkürlich einen Stich.

»Lorenzo …«, wollte ich zu erklären beginnen, doch er unterbrach mich.

»So schwer es mir fällt, aber wir müssen unsere Unterhaltung unter vier Augen auf einen späteren Zeitpunkt verschieben. Bereits in einer halben Stunde beginnt eine öffentliche Ratssitzung. Wir sind es den Waldbewohnern schuldig, dass sie nach dem Aufruhr Antworten bekommen. Die Nachricht, dass Silas wieder unter uns lebt, hat sich in rasender Schnelligkeit verbreitet. Um weitere Unruhe zu vermeiden, sollten alle über die Gründe seiner Rückkehr aufgeklärt werden.«

Ich versuchte meine Enttäuschung zu verbergen und bekräftigte ihn in seiner Entscheidung.

»Das klingt vernünftig. Bei dieser Gelegenheit sollte auch Lisandro befragt werden, welche Beziehung er zu Ella hat, wenn er dazu in der Lage ist.«

»Dafür werden die Trolle bestimmt sorgen. Ich kann nicht einschätzen, wie lange die Ratssitzung dauern wird, deshalb solltest du vorher dringend deine Eltern aufsuchen. Sie machen sich bestimmt Sorgen, weil sie bereits längere Zeit nichts von dir gehört haben.«

Erschrocken hielt ich mir die Hand an den Kopf. Meine Familie hatte ich in der Aufregung ganz vergessen! Da sie in der Vergangenheit einmal wochenlang ohne ein Lebenszeichen von mir auskommen mussten, hatten wir vereinbart, dass ich mich täglich oder wenigstens jeden zweiten Tag in irgendeiner Form bei ihnen meldete.

»Oh, Mist, ich hoffe, dass mir eine gute Ausrede einfällt!«

»Du könntest sagen, dass …«

Plötzlich hielt ich inne und unterbrach Lorenzo.

»Oje, ich hoffe, dass ich ohne meine Kräfte den Visionszauber durchführen kann.«

»Lorenzo!«, rief jemand aus der Ferne und Lorenzo wandte sich um.

»Es tut mir leid, Helena. Ich werde bereits erwartet. Wir sehen uns in einer halben Stunde, in Ordnung? Ich bin sicher, der Zauber klappt trotzdem. Evolet hat dir doch zwei Möglichkeiten für den Zauber gezeigt, sofern ich mich richtig erinnere. Bediene dich der zweiten Variante, dann funktioniert es gewiss.«

»Stimmt! Die zweite Variante hatte ich beinahe vergessen. Bis gleich«, erwiderte ich und er gab mir einen flüchtigen Kuss auf die Wange.

Ich eilte, mit Cleopha im Schlepptau, in die Bibliothek und betete, dass die vorher noch nie angewandte zweite Variante funktionierte.

»Ich wusste gar nicht, dass du auf zwei Wegen eine Vision heraufbeschwören kannst«, merkte Cleopha an, als ich grübelnd mit dem Finger an verschiedenen Buchrücken entlangstreifte.

»Um ehrlich zu sein, habe ich diese Möglichkeit auch beinahe vergessen. Evolet hat mir damals den Zauber gezeigt und auf den habe ich mich konzentriert. Wie du weißt, konnte ich danach zum ersten Mal nach langer Zeit meine Familie wiedersehen. Ich war so voller Vorfreude und Aufregung, der Drang, endlich den Zauber zu sprechen, war riesig. Ich war schon beinahe am Gehen, als Evolet mir noch sagte, wie ich auf eine zweite Art die Vision heraufbeschwören konnte. Doch ich war mit meinen Gedanken schon längst zig Kilometer weit weg, niemals kam es mir seitdem in den Sinn, eines Tages nicht mehr über meine ererbten Kräfte zu verfügen. Deshalb schien mir die zweite Variante unwichtig.«

»Das schaffst du schon«, meinte Cleopha aufmunternd und fragte mich, wonach ich suchte.

»Ich erinnere mich dunkel an ein spezielles Buch. Dieses Buch sieht im ersten Augenblick aus wie all die anderen hier. Es fühlt sich auch so an. Wenn man es jedoch aufschlägt, ist es innen hohl. Fast so wie eine Schatztruhe.«

Entmutigt ließ ich meine Hände sinken.

»In diesem Raum befinden sich hunderte Bücher. Wie soll ich auf die Schnelle das richtige finden? Es wird vermutlich mehrere Stunden dauern, bis ich alles durchforstet habe.«

»Hast du vergessen, wer ich bin?«, fragte Cleopha und stemmte neckisch ihre winzigen Ärmchen in ihren Flaum.

»Ich bin eine magische Feder. Bücher sind praktisch mein Zuhause. Jede Welt, die sich zwischen Buchdeckeln verbirgt, kenne ich. Ich werde dieses Buch gewiss für dich ausfindig machen.«

»Wirklich?«, fragte ich hoffnungsvoll und sie wies mich an, mich zu setzen. Erschöpft ließ ich mich in einen kiefergrünen Sessel fallen. Cleopha flog durch die Regalreihen. Hin und wieder segelten Bücher aus den Gestellen, klappten auf und Seiten blätterten sich um wie von magischer Hand. Nachdenklich schüttelte Cleopha hin und wieder den Kopf. Schließlich schwebte sie auf ein Buch im oberen Drittel der Regalfächer zu.

»Ich glaube, hier ist es. Zwischen diesen Buchdeckeln verbirgt sich keine Geschichte. Es scheint leer zu sein.«

Ich stand auf und wollte nach einer Leiter suchen, doch meine Feder bremste mich.

»Ich kann dieses Buch zu dir fliegen lassen.«

Ehe ich mich's versah, hielt ich ein Buch mit einem silbernen Einband in den Händen. Es trug keine Inschrift. Ich klappte es auf und tatsächlich ließ es sich wie eine Kiste öffnen. Das Buch wuchs um das Doppelte und ich gewahrte darin ein handgroßes transparentes Gefäß, das mit einer farblosen Flüssigkeit gefüllt war.

»Was ist das?«, fragte Cleopha und ich betrachtete das Behältnis genauer. Es hatte die spitze Form eines Hexenhuts.

»Das ist der gläserne Hexenhut«, sagte ich und konnte mich nun wieder dunkel an Evolets Worte erinnern, als sie mich über seine Funktion belehrte ...

*Liebe Helena, ich habe dir diesen gläsernen Hexenhut gezaubert für den Fall, dass dir eines Tages der Spruch für den Visionszauber nicht mehr einfallen sollte. Umfasse diesen Hut. Er wird dich anhand deines Handabdrucks identifizieren. Ist dies erfolgt, verfärbt sich die Flüssigkeit darin. Hat sie die größte Farbtiefe erreicht, öffnet sich der Deckel von selbst und du kannst die Flüssigkeit trinken. Während du sie aufnimmst, denk an dein Ziel, und du wirst dorthin geleitet werden ...*

Ich berichtete Cleopha von meiner Erinnerung.

»Bleibst du hier, bis ich wieder *da* bin?«, fragte ich und Cleopha stimmte zu.

»Das ist doch selbstverständlich.«

Ich warf ihr einen dankbaren Blick zu und nahm den gläsernen Hexenhut aus dem Buch heraus. Ich hielt ihn fest umklammert. Es dauerte nicht lange und die Flüssigkeit begann sich zu verfärben, bis sie hellblau erschien. Ich konzentrierte meine Aufmerksamkeit auf den gläsernen Hexenhut und dachte an mein Dorf, an unser Haus, an meine Familie. Ich merkte, wie mir die Augen zufielen und ich aus meinem Körper schlüpfte. In der übernatürlichen Welt blieb meine Hülle zurück. Ich selbst war auf der Reise. Die Vision begann ...

Wenige Zeit später fand ich mich zu Hause, in Bayern, in unserer Küche wieder. Es hatte funktioniert! Meine Eltern und mein Opa saßen am Tisch beisammen. Sie tranken Kaffee und aßen Erdbeerkuchen. Meiner Mama fiel die Kuchengabel aus der Hand, als ich mich plötzlich neben ihnen manifestierte. Normalerweise kündigte ich mich vorher an.

»Helena, hast du uns jetzt erschreckt!«

»Das wollte ich nicht. Es ist so viel passiert in der übernatürlichen Welt seit der Hochzeit. In der Eile habe ich vergessen, euch Bescheid zu sagen, dass ich komme. Ich wollte euch schon viel früher besuchen …«

»Das macht doch nix. Du hast dich jetzt über ein Jahr lang jeden Tag bei uns gemeldet, jetzt wird's auch mal Zeit, dass wir dich loslassen. Wir können von dir doch nicht für alle Ewigkeit tägliche Besuche verlangen. Wenn du noch bei uns leben würdest, wärst du womöglich schon ausgezogen und kämest auch nur hin und wieder heim. Außerdem wissen wir, dass du mit Lorenzo glücklich bist und bei ihm in guten Händen bist«, sagte mein Opa. Ich warf ihm einen dankbaren Blick zu und war froh, dass ich meiner Familie in Bezug auf die letzten Tage keine Märchen erzählen musste.

»Magst du auch ein Stück Kuchen? Felix und Kathi haben die Erdbeeren heute früh frisch in unserem Garten gepflückt.«

»Nein danke, Opa.«

»Sag mal, Georg, hast du den Zeitungsartikel vom Söcheringer Tagblatt noch, den wir Helena zeigen wollten?«, fragte meine Mama plötzlich, während sie sich Milch in ihren Kaffee goss.

»Oh ja. Ich hole ihn schnell«, antwortete mein Papa und stand auf. Er öffnete eine Schublade und nahm einen ausgeschnittenen Artikel heraus.

»Schau mal«, meinte er und überreichte mir das dünne Papier.
»Kannst du dir das erklären?«
Ich begann zu lesen und die Luft blieb mir beinahe weg.

*Eine »Vampirische Region« nun auch in Bayern?*
*Nach lang anhaltendem Dauerregen in Oberbayern zeigte sich seit Freitag die Sonne wieder. Am Wochenende zog es viele Einheimische sowie Touristen an die Seen und in die Berge. So auch am Sonntag, den 13. Mai 2018. Bootsfahrten, Wanderungen und Kletterpartien standen für die Ausflügler auf dem Programm, bis es am frühen Nachmittag auf dem Herzogstand zu einem beunruhigenden Vorfall kam. Laut Aussagen von Wanderern erschienen plötzlich wie aus dem Nichts neben dem Gipfelkreuz eine weibliche und eine männliche Person. Wenige Sekunden später verschwanden sie wieder. »Sie lösten sich buchstäblich in Luft auf«, berichtete ein verstörter Augenzeuge. Kurz nach diesem Vorfall tauchten die Unbekannten erneut auf. Dieses Mal in einer fahrenden Gondel der unweit stationierten Herzogstandbahn. Zu diesem Zeitpunkt befanden sich in der Gondel elf Insassen. Auch diese berichteten, dass die Personen »so schnell, wie sie kamen, auch wieder auf und davon waren«.*
*Laut Aussage des örtlichen Polizeisprechers gab es keine Verletzten. »Alle sind mit einem Schrecken davongekommen«, hieß es in dem veröffentlichten Polizeibericht. Möglicherweise könnte es sich um übernatürliche Kreaturen handeln, so die Vermutung. Nun werde überprüft, ob es eine Verbindung des Vorfalls zu Vorkommnissen in der italienischen »Vampirischen Region« gäbe. Wie das Söcheringer Tagblatt erfuhr, reisen in den nächsten Tagen Forscher einer auf paranormale Aktivitäten spezialisierten Universität an, um die Arbeit der polizeilichen Spurensicherung auszuwerten.*
*Eine offizielle Gefahrenwarnung liegt derzeit nicht vor. Trotz-*

*dem wird seitens der Behörden als Vorsichtsmaßnahme geraten, sich außerhalb des Hauses möglichst wenig alleine aufzuhalten. Sobald es neue Erkenntnisse zu den mysteriösen Vorfällen gibt, halten wir Sie auf dem Laufenden.*
*Bericht: Andreas M.*

Ich ließ den Zeitungsbericht sinken und alle Augen waren auf mich gerichtet. Noch bevor ich zu einer Erklärung ansetzen konnte, erzählte mein Papa, dass in unserem Dorf und in den umliegenden Ortschaften die Hölle los war. Die Nachricht hatte sich wie ein Lauffeuer verbreitet und Fernsehen und Radio hatten laufend davon berichtet. Zunächst wurde gemunkelt, dass nur eine Einzelperson diese Erscheinung wahrgenommen hatte, aber schnell stellte sich heraus, dass alle zu diesem Zeitpunkt auf dem Herzogstand Anwesenden dasselbe erblickt hatten. Trotzdem führte die Polizei Drogentests und Einzelbefragungen durch. Die Tests fielen negativ aus und die Antworten aller befragten Personen waren weitgehend identisch.

»Da der Verfasser des Artikels die ›Vampirische Region‹ erwähnt hat – hast du vielleicht eine Idee, wer oder was die Leute so erschreckt haben könnte?«, wollte meine Mama wissen. Ich schluckte.

»Ich war das und ein anderer Waldbewohner.«

»WAS?«, riefen alle drei wie aus einem Munde.

»Ich verspreche euch, dass ich euch bald alles erklären werde, aber jetzt muss ich zurück in den Wald, dort findet in wenigen Augenblicken eine Ratssitzung statt, an der ich teilnehmen muss.«

Meine Mama nickte verständnisvoll und meinte, dass sie nun beruhigt sei und Felix und Kathi wieder unbesorgt zur Schule schicken könne, da sie jetzt Bescheid wüsste.

»Ja, ihr müsst euch keine Sorgen machen«, bestätigte ich

und war in Gedanken bereits bei Lorenzo. Wie würde er wohl darauf reagieren, wenn er erfuhr, dass Silas und ich gesehen worden waren und dadurch die Menschenwelt ordentlich in Aufruhr versetzt hatten?

»Existieren Fotos von eurem *Ausflug*? Haben die Leute dich erkannt?«, wollte Lorenzo wissen, als er den Zeitungsartikel kurz vor Beginn der Ratssitzung fassungslos auf den Tisch warf. Ich schüttelte den Kopf.

»Soviel ich weiß, gibt es keine Fotos, sonst hätten meine Eltern es mir erzählt. Bitte glaub mir, dass ich nicht freiwillig dort war.«

Lorenzo atmete hörbar aus.

»Natürlich glaube ich es dir, Helena. Es ist nur so, seit ich erfahren habe, dass Silas nicht weiter im ewigen Moor gefangen ist, habe ich Angst, dass etwas außer Kontrolle geraten könnte.«

»Mir geht es doch genauso, Lorenzo! Was meinst du, wie bange mir war, als ich all diese Entscheidungen allein und unter Zeitdruck treffen musste. Auch ich bin besorgt, dass dadurch noch Dinge auf uns zukommen werden, denen wir nicht gewachsen sind. Noch mehr fürchte ich mich jedoch davor, dass es meine Schuld sein wird, wenn das wirklich passiert, und ihr euch alle von mir abwenden werdet.«

Erschöpft senkte ich den Blick. Lorenzo erhob sich von seinem mit königlichen Insignien verzierten Stuhl und umschloss mich mit seinen starken Armen.

»Ich werde mich niemals von dir abwenden, Helena. Vergiss das nicht«, sagte er leise und sein Griff wurde noch fester.

# 15. Kapitel

Ein Klopfen riss uns aus unserer Umarmung.
»Majestät, die Ratssitzung beginnt in wenigen Augenblicken. Alle geladenen Mitglieder sind bereits versammelt und warten auf Euer Eintreffen.«
»Wir kommen«, erwiderte Lorenzo und gemeinsam machten wir uns auf den Weg zu der Zusammenkunft.

Als wir den Raum betraten, erhoben sich alle Anwesenden. Ich konnte mich nicht entscheiden, ob ich den Raum schön finden sollte oder nicht. Im Vergleich zu allen anderen Räumlichkeiten von Lorenzos Märchenschloss war er relativ kühl gehalten. Die Wände und der Fußboden bestanden aus grauem Stein. Das Besondere an diesem Gemach war, dass es rund war, denn es befand sich in einem der sieben Türme des Schlosses. In die hohen Fenster waren undurchsichtige Scheiben eingelassen, die in den verschiedensten Blautönen leuchtend schillerten. In der Mitte des Raumes stand ein Tisch. Er war aus demselben Material wie die Wände und der Fußboden gearbeitet. Die Stühle, die ihn flankierten, ebenso, jedoch waren ihre Sitzflächen mit rabenschwarzen Polstern versehen. Alle Ratsmitglieder hatten ihren festen Platz eingenommen. An der Spitze des Tisches residierte Lorenzo, als König der übernatürlichen Welt und Anführer der Drachen. Daneben war mein Platz, als seine Frau und Anführerin der primum maleficis. Auch Cleopha, als Anführerin der Federn, war anwesend und Mila, als Prinzessin und Vertreterin der Feen und Elfen. Darüber hinaus waren noch weitere zehn Übernatürliche versammelt. Auch Silas.

Moment mal! Silas? Ich musste zweimal hinsehen, ehe ich meinen Augen traute. Bevor ich etwas sagen konnte, trafen sich Lorenzos und Silas' Blicke. Während der von Silas Provokation ausstrahlte, blitzte in Lorenzos Wut auf.

»Meinst du nicht, dass du zu weit gehst, Silas?«

»Warum? Ich bin doch nur deinem Befehl gefolgt, alter Freund. Du hast eine Ratssitzung angeordnet und hier bin ich als Vertreter der Vampire. Soviel mir bekannt ist, wurde während meiner Abwesenheit kein neuer Bevollmächtigter gewählt, oder irre ich mich?«, erwiderte Silas amüsiert. Er hatte recht, es war bisher kein neuer Vertreter gewählt worden, denn in der übernatürlichen Welt dankte nicht einfach jemand ab und verschwand von der Bildfläche. Silas' Abgang im vergangenen Jahr war unerwartet gekommen, weshalb im Vorfeld kein neuer Vampir für diese Position ausgewählt und ausgebildet worden war. Ich wusste, dass mittlerweile mehrere Vampire in der engeren Auswahl für einen Platz im Rat waren ...

»Du hast Glück, dass es jetzt wichtigere Dinge als dich gibt, sonst hätte ich über deine Funktion im Rat abstimmen lassen. Für heute kannst du bleiben«, zischte Lorenzo und wandte sich von ihm ab. Wir setzten uns und alle anderen taten es uns gleich. Im nächsten Augenblick ging die Tür auf und Lisandro wurde von Wachen hereingeführt. Der Rat war das höchste Gremium, dem ein Delinquent vorgeführt werden konnte. Ängstlich sah sich Lisandro im Raum um, wagte aber nicht die Anwesenden anzublicken.

»Ich würde gerne die Befragung übernehmen«, bat ich und Lorenzo sah mich überrascht an, stimmte aber trotzdem zu.

»Da wir noch keine Gelegenheit hatten, uns über die Ereignisse der letzten Tage auszutauschen und du in das Geschehen aktiv involviert warst, halte ich es durchaus für eine gute Entscheidung, dass du heute diesen Part übernimmst. Hiermit eröffne ich die Befragung von Lisandro.«

Ich atmete tief durch und konzentrierte mich. Ich musste mir jedes meiner Worte gut überlegen, da es für die Beurteilung von Lisandros Handeln entscheidend sein konnte. Falls es zu einem Urteil kommen würde … denn scheinbar war Lisandro ja das Opfer und hatte keinerlei Strafe zu befürchten. Eher war das Gegenteil der Fall. Möglicherweise würde er sogar eine Entschädigung für seine erlittene Gefangenschaft bekommen.

»Lisandro, zunächst einmal sind alle Waldbewohner erleichtert, dass du unversehrt wieder unter uns bist«, sagte ich und warf dabei Mila einen kurzen Blick zu. Sie nickte mir lächelnd zu. Dieses glückselige Lächeln war nicht mehr aus ihrem Gesicht zu bekommen seit Lisandros Ankunft.

»Wie du weißt, haben wir einige Tage nach dir gesucht und möchten dir nun einige Fragen stellen, um zu klären, wie es zu deinem Verschwinden und deiner Gefangenschaft kommen konnte. Bitte beantworte meine Fragen offen und ehrlich.«

Als Nächstes wandte ich mich an die Wächter, die Lisandro hereingeführt hatten.

»Nach Lisandro möchte ich Ella verhören, bitte bringt sie hierher und lasst sie ein, sobald ich sie aufrufe.«

Als ich Ellas Namen aussprach, vermied ich es bewusst, Silas anzuschauen. Er wusste genauso gut wie ich, dass ich keine Wahl hatte. Ella musste verhört werden. Trotzdem nahm ich mir vor, Silas' Vergangenheit, soweit es ging, aus der Befragung herauszuhalten. Als die Wächter den Raum verließen, wandte ich mich wieder an Lisandro.

»Uns ist bekannt, dass du Ella schon länger kennst. Euch verband, wie wir wissen, zunächst die gemeinsame Abneigung gegen die Arbeit im Feengarten. Bei dir hat sich diese

Ablehnung mit der Zeit gelegt und du bist dort aktiv geworden. Zum Ärger von Ella. Abgesehen davon, dass sie den Feengarten nicht mochte, war es ihr zuwider, dass du fortan nicht mehr so viel Zeit mit ihr verbracht hast. Ist das der Grund, weshalb Ella so einen Groll gegen dich hegte?«

Lisandro nickte.

»Ja.«

»Als ich Ella im Sternenreich besuchte, sagte sie mir, wenn sie nicht glücklich sei, solltest du es auch nicht sein. Und sie war überzeugt davon, dass du es auch nicht werden wirst, wenn wir dich befreien und du Mila über die Situation aufklären kannst. Ella ging sogar noch einen Schritt weiter: Sie meinte, dass du Mila in diesem Fall nie wiedersehen würdest. Kannst du uns sagen, was Ellas Aussagen zu bedeuten haben?«, fragte ich und wartete gespannt auf seine Antwort. Augenblicklich wurde Lisandro blass. Er sah zu Boden und schwieg. Mila rutschte nervös auf ihrem Stuhl umher.

»Beantworte Helenas Frage«, forderte Lorenzo.

»Ich rate dir, freiwillig Auskunft zu geben. Andernfalls wird Zauberei dein Schweigen brechen.«

Mit angsterfülltem Blick sah Lisandro zu Mila. Dann raffte er seinen Mut zusammen und begann mit brüchiger Stimme seine Geschichte zu erzählen.

»Die Wahrheit ist, dass ich Ellas Versteck in den Höhlen der letzten Meerjungfrauen kannte. Als ich dort eingesperrt war, war ich nicht zum ersten Mal dort. Bereits am Anfang unserer Bekanntschaft hat sie mir ihr Geheimnis anvertraut.«

Entsetzen machte sich unter den Versammelten breit. Fassungslos starrten wir ihn an. Mila wirkte wie betäubt. Seine Worte brachten eine unerwartete Wendung in den Fall. War Lisandro etwa nicht wie angenommen nur ein Opfer, sondern ein Mitwisser?

»Wieso hat Ella dir ihr Geheimnis anvertraut?«, hakte ich nach und er zuckte mit den Schultern.

»Weil wir Freunde waren.«

»Verband euch euer beider Einsamkeit? Warst du auch ein Einzelgänger wie Ella?«, wollte ich wissen und Lisandro schüttelte den Kopf.

»Nein, nicht immer. Ich war integriert ins Leben der übernatürlichen Welt. Anders als Ella fand ich immer Anschluss, auch ohne im Feengarten zu arbeiten. Erst als mir Ella von ihrem Plan erzählte, wurde ich neugierig. Ich ließ mich von ihrem Eifer anstecken und wandte mich von meiner Familie und meinen Freunden ab.«

»Was genau war ihr Plan?«

»Sie war besessen von der Idee, ihrem Körper Gründerblut einzuverleiben, um so zu mehr Macht zu gelangen. Wie ihr wisst, war sie auch im Besitz dieses wertvollen Bluts. Mehrere Monate haben ich und Ella verschiedene Experimente an unseren Körpern durchgeführt. Leider blieb der gewünschte Erfolg aus. Ich verlor irgendwann das Interesse an den Versuchen und verbrachte stattdessen Zeit im Feengarten. Dort lernte ich Mila näher kennen. Letztendlich war sie mir wichtiger als die Gier nach Stärke und Macht«, antwortete er und ich spürte förmlich, wie ihm eine schwere Last von der Seele fiel, als er aussprach, was er lange Zeit für sich behalten hatte. Nun konnte ihn niemand mehr mit diesem Wissen erpressen. Trotzdem waren sich alle Anwesenden darüber im Klaren, dass er für seine freiwillige Teilnahme an dem Blutexperiment bestraft werden musste. Ich wandte mich an Lorenzo, Mila, Cleopha und die anderen Ratsmitglieder.

»Habt ihr noch Fragen an Lisandro?«

»Ja, ich hätte noch eine Frage«, erwiderte Lorenzo.

»Dein Beweggrund für diese verbotenen Versuche war

also vor allem die Neugier. Du hast dich von dem Gedanken mitreißen lassen, etwas Besonderes und Größeres sein zu wollen. Doch wie verhielt es sich bei Ella? Was waren ihre Motive?«

»Sie hat es mir nie erzählt, aber ich hatte immer das Gefühl, dass sie vor etwas oder jemand Angst hat. Was immer es ist, es ist stärker als Ella. Ich denke, sie wollte zu einem ebenbürtigen Gegenüber werden. Als Elfe gehört man ja bekanntermaßen eher zu den schwächeren Spezies des Waldes.«

»Nun gut, wenn niemand mehr Fragen hat ...«, begann ich und sah vor allem Mila an. Sie hatte nachdenklich ihren Kopf gesenkt. Sie musste wahrscheinlich erst einmal verarbeiten, dass ihr einstiger Freund zeitweise ein Komplize der berüchtigten Ella war.

»... würde ich sagen, wir schließen Lisandros Vernehmung vorerst hab. Nachdem wir auch Ella verhört haben, werden wir über dein Urteil beraten, Lisandro.«

»Wird es etwas milder ausfallen? Schließlich habe ich mich von Ella distanziert!«, wollte Lisandro wissen und sah uns herausfordernd an.

»Ist das das Einzige, worüber du dir im Augenblick Sorgen machst?«, platzte es aus Mila heraus. Sie wirkte gekränkt.

»Natürlich nicht. Ich hoffe, dass wir bald Gelegenheit bekommen, allein miteinander zu sprechen, damit ich mich persönlich bei dir entschuldigen kann. Für alles. Ich weiß, dass ich dich ...«

Lisandro wurde unterbrochen, denn in diesem Moment flog polternd die Tür auf. Alle sprangen von ihren Stühlen auf.

»Was bedeutet das?«, fragte Lorenzo. Die Wachen, die ausgesandt worden waren, um Ella zu suchen, stürmten in den Raum. Ohne Ella. Sie verbeugten sich. Wo war Ella? War sie untergetaucht?

Der Anführer der Wachen trat vor.

»Eure Majestät, wir haben Ella gefunden. Sie lag am Ufer des eisblauen Sees. Tot.«

# 16. Kapitel

Stille legte sich über das übernatürliche Königreich, als sich die Nachricht verbreitete. Die Waldbewohner hatten ein Wesen ihrer Art verloren und nahmen Abschied von ihm. Und was nur ich wusste: Silas musste den Verlust seiner Mutter hinnehmen. Nachdem der erste Schock vorüber war, wurden die Trolle beauftragt, die Ursache von Ellas Ableben herauszufinden. Am nächsten Tag trafen Lorenzo, Mila, Cleopha und ich uns auf der Dachterrasse, wo wir vor wenigen Tagen noch ein unbeschwertes und vom Glück der Hochzeit beflügeltes Frühstück genossen hatten.

»Du solltest mit Lisandro reden«, riet ich Mila, die bedrückt und traurig aussah.

»Ich bin mir nicht mehr sicher, ob Lisandro zu den Guten gehört«, antwortete sie bitter. »Ich habe nachgedacht und mir ist bewusst geworden, dass er mich sehr lange hingehalten hat. Womöglich hat er in all der Zeit weiter versucht, sich durch das Blut in ein mächtiges Mitglied des Hexenzirkels zu verwandeln! Als er bemerkte, dass der Erfolg ausblieb, wollte er durch etwas anderes zu Ansehen gelangen. Durch mich. Woher sonst kam sein plötzliches Interesse am Feengarten?«

»Das klingt logisch, trotzdem solltest du mit ihm persönlich sprechen«, meinte Cleopha und ließ sich auf Milas Schulter nieder.

»Jetzt, wo er sich so sehr vor seiner Strafe fürchtet, wird er mir bestimmt nicht die Wahrheit sagen«, meinte sie und ich stimmte ihr zu, dass es besser war zu warten. Als ich mich Lorenzo zuwandte, bemerkte ich, dass seine Aufmerksamkeit von etwas am Boden abgelenkt war. Ich sah genauer hin und nahm wahr, dass sich uns zwei Trolle näherten. Sie waren von außergewöhnlich winziger Natur im Vergleich zu ihren Artgenossen, die, wohlgemerkt, ebenfalls von geringer Größe waren.

»Wir haben Ella obduziert«, berichtete einer von ihnen.

Wir erfuhren, dass die Trolle zu keinem Ergebnis im Hinblick auf die Todesursache gekommen waren. Sie war weder von eigener Hand noch durch die Einwirkung eines anderen Waldbewohners gestorben.

»Wie kann das sein?«, wollte ich wissen.

»Irgendetwas muss doch zu ihrem Tod geführt haben.«

»Die Elfenkrankheit, von der sie befallen war, war vollständig ausheilt. Wir können uns wirklich nicht erklären, was die Todesursache sein könnte«, erklärte der Wortführer der Trolle.

»Wir sind die einzigen übernatürlichen Wesen in diesem Universum, trotzdem muss hier eine unbekannte höhere Macht ihre Hand im Spiel gehabt haben«, meinte der andere Troll und wir schwiegen für einen Augenblick. Ich atmete tief durch und verkündete, dass ich die primum maleficis aufsuchen würde. Ich musste Antworten auf die zahlreichen offenen Fragen in Bezug auf die Geschehnisse der letzten Tage bekommen. Viele Dinge erschienen mir rätselhaft, auch was das ewige Moor betraf.

Wenige Zeit später schnappte ich mir meinen Besen und begab mich vors Schloss. Doch gerade noch rechtzeitig, bevor ich abheben wollte, fiel mir ein, dass ich gar nicht fliegen konnte. Meine Kräfte waren noch immer nicht zu mir zurückgekehrt. Niedergeschlagen ging ich zurück in den Schlosshof und lehnte den Besen an die Schlossmauer. Plötzlich stand Lorenzo vor mir.

»Warte, Helena.«
Ich sah ihn fragend an und er unterbreitete mir einen Vorschlag.
»Da wir noch keine Gelegenheit hatten, allein miteinander zu reden, seitdem du aus dem ewigen Moor zurückgekehrt bist, würde ich dich gerne zum unendlichen Grab der primum maleficis fliegen. Ich bin gespannt auf deinen Bericht.«
Erleichtert stimmte ich zu.
»Ein Flug auf einem Drachen ist genau das, was ich jetzt brauche.« Zu Fuß würde ich viel zu lange unterwegs sein. Ich war Lorenzo dankbar für seine Fürsorglichkeit. Ehe ich mich's versah, umstob ihn ein Meer von Funken. Seine Größe schwoll auf das Doppelte an und es wuchsen ihm Drachenflügel aus den Schultern. Er kauerte sich nieder, sodass ich aufsteigen konnte. Ich setzte mich auf seinen Rücken und hielt mich an seinem Schuppenpanzer fest. Anmutig hob er ab, gleichmäßig hoben und senkten sich seine Schwingen. Unter uns lag das nachtverhangene übernatürliche Königreich. Nach einer Weile durchbrach Lorenzo die Stille.
»Ich will dir sagen, dass ich stolz auf dich bin, Helena. Du hast in den letzten Tagen großen Mut bewiesen. Du bist demjenigen gegenübergetreten, vor dem du dich am meisten fürchtest. Du hast Entscheidungen getroffen, von denen du wusstest, dass sie unliebsame Konsequenzen für dich haben könnten, aber du hast es in Kauf genommen, um Mila zuliebe Lisandros Versteck ausfindig zu machen.«
»Ich war mir nicht sicher, ob du mir je verzeihen würdest, dass ich Silas aus dem ewigen Moor befreit habe. Um ehrlich zu sein, dachte ich, dass alle Waldbewohner mich für das Hexenehrenwort, das ich Silas gegeben habe, verachten würden«, gestand ich.

»Natürlich war die Nachricht zunächst ein Schock für mich. Bitte verzeih meine erste Reaktion. Im nächsten Moment jedoch erkannte ich, dass du in einer Zwickmühle warst. Es kann dir keiner einen Vorwurf machen. Möglicherweise hätte ich an deiner Stelle genauso gehandelt«, erwiderte Lorenzo und setzte zur Landung an. Er konnte sich nicht vorstellen, wie dankbar ich über seine Worte war. Es tat gut zu wissen, dass er mich wegen Silas nicht verurteilte.

Er bedeutete mir, dass ich absteigen konnte.

Ich kletterte von seinem Rücken und drückte mich zum Abschied an seinen Schuppenpanzer.

»Danke, dass du bedingungslos hinter mir stehst.«

»Rührend. Wirklich rührend.«

Erschrocken wirbelte ich herum. Silas lehnte unweit von uns an einer steinernen Mauer und beäugte uns belustigt.

»Was willst du hier?«, wollte Lorenzo gereizt wissen.

»Ich war im Schloss und habe ...«, begann Silas, doch Lorenzo unterbrach ihn.

»Was hast du noch im Schloss verloren? Ich habe akzeptiert, dass du wieder auf freiem Fuß bist, jedoch bist du nicht als mein Freund zurückgekehrt, sondern nach wie vor ein Feind. Halte dich in Zukunft von uns fern!«

»Ich wollte auch nicht zur dir, mein ehemaliger Freund, sondern zu Helena. Du kannst mir den Aufenthalt im Schloss selbstverständlich verwehren, aber nicht den Kontakt zu ihr. Wie dir bekannt ist, verbindet uns unsere Herkunft. Und ...«

»Hört auf!«, forderte ich.

»Wir haben jetzt Wichtigeres zu klären als diesen Konflikt. Ich werde jetzt zum unendlichen Grab gehen ...«

»... und ich werde dich begleiten«, beendete Silas meinen Satz.

»Was? Wieso?«, fragte ich mit aufgerissenen Augen.

»Weil auch ich einige Antworten auf ungeklärte Fragen suche«, entgegnete er mir und ich las die Bitte in seinen Augen. Schließlich willigte ich ein. Lorenzo schien nicht erfreut über diese Entwicklung zu sein, aber er vertraute mir und ließ es kommentarlos geschehen.

Wenige Zeit später betraten Silas und ich die Höhle des unendlichen Grabes. Es war ein zerklüfteter Raum, in dem es aussah wie in einer Tropfsteinhöhle. In den Ecken waren winzige Laternen befestigt, die gespenstische Schatten warfen. Das unendliche Grab war kein gewöhnlicher Friedhof. Zum einen lag er unterirdisch und zum anderen wiesen die Gräber eine völlig andere Form auf als alle anderen Grabstätten, die ich zuvor in meinem Leben gesehen hatte. Die Wände der Gräber bestanden aus steinernem Material, in das Inschriften eingraviert waren. Was nicht weiter besonders war, aber die Gräber verfügten über Umrandungen und in jeder von ihnen schimmerte ein tiefblaues, leuchtendes Gewässer. Es waren acht Gräber, jedoch waren nur noch sieben *bewohnt*. Evolet, die einstige Anführerin des Hexenzirkels, hatte mir vor einiger Zeit ihre Position übertragen und sich entschlossen in die passive Sphäre aufzusteigen. Dort existierten, wie wir nämlich herausgefunden hatten, Verwandte von ihr, mit denen sie beisammen sein wollte. Unter anderem meine Großmutter ...

»Ich denke«, meinte Silas, »wir sollten nicht alle sieben Mitglieder der primum maleficis aufwecken.« Er sah sich in der Höhle um. Wahrscheinlich hätte er niemals damit gerechnet, dem Zirkel noch einmal gegenüberzutreten. Machte er sich Sorgen, wie dessen Mitglieder auf ihn reagieren würden?

»Warum bist du wirklich mitgekommen, Silas? Möchtest

du herausfinden, was mit Ella geschehen ist? Oder interessiert dich vor allem, wie die anderen Mitglieder des Zirkels mit deiner plötzlichen Wiederkehr umgehen?«, fragte ich. Ich versuchte in seinem Gesicht Emotionen zu lesen, aber seine Miene wirkte undurchdringlich. Hatte ihn die Nachricht vom Tod seiner Mutter wirklich so kaltgelassen? Ich ersparte es mir nachzufragen, denn wenn ich eines über Silas gelernt hatte, dann war es, dass er ohnehin nur redete, wenn er es wollte.

»Natürlich will ich wissen, was die primum maleficis über meine Situation denken. Sie sind die einzigen Wesen in der übernatürlichen Welt, die in der Lage wären, mich zu besiegen. Und ich will wissen, ob ich sie nun zum Feind habe. Wegen Ella ...«, antwortete er und hielt einen Augenblick inne.

»Ich will tatsächlich wissen, was mit ihr passiert ist. Jedoch weniger unserer Verwandtschaft wegen, sondern vor allem zu meinem eigenen Schutz. Bisher kennst nur du mein Geheimnis, dass sie meine Mutter ist – oder war. Ich hoffe, das bleibt so. Denn wenn nicht, würde sofort jeder als Erstes mich verdächtigen, mit ihrem Tod etwas zu tun zu haben. Du glaubst mir doch, wenn ich dir sage, dass dem nicht so ist, oder?«

Ich nickte. Um ehrlich zu sein, wäre es eine naheliegende Schlussfolgerung, dass Silas für Ellas Tod verantwortlich war, aber tatsächlich dachte ich kein einziges Mal an diese Möglichkeit. Es wäre auch zu einfach und zu ... dumm. Und wenn Silas eines nicht war, dann dumm. Ob er sie gerne getötet hätte, war eine andere Frage, aber er hätte zu viel aufs Spiel gesetzt, wenn er sie so leichtfertig aus dem Weg geräumt hätte.

»Wie dem auch sei, ich schlage vor, wir rufen *ein* Mitglied. Unabhängig davon, welche Gründe du hast, finde auch ich, dass wir nicht alle Mitglieder des Zirkels aufzuwecken brauchen«, sagte ich und kniete mich vor eines der Gräber. Es war die Ruhestätte von Harrison Eltringham. Er war ein weiser alter Mann. Im Gegensatz zu vielen anderen übernatürlichen Wesen sah er auch wirklich alt aus, denn er hatte seinen Alterungsprozess nicht aufgehalten. Ein bisschen erinnerte mich seine Erscheinung mit dem weißen langen Bart und dem Hut auf dem Kopf immer an den Schulleiter von Hogwarts, Albus Dumbledore. Ich mochte alle Mitglieder der primum maleficis, aber ich wählte ihn aus, weil er in der übernatürlichen Welt so etwas wie ein Großvater für mich geworden war. Er war es, der mich in viele Hexenkünste und Zaubergeheimnisse eingeweiht hatte, mit schier unendlicher Geduld.

»Du meinst wohl, *ich* rufe ein Mitglied. Schon vergessen? Du kannst es nicht mehr«, korrigierte mich Silas und kniete sich neben mir nieder. Er legte seine Hände auf die Umrandung des Grabes und murmelte leise Worte. Ich beugte mich über das Wasser, bis schließlich mein Spiegelbild durch kleine Wellen verschwamm. Das Wasser begann zu blubbern und zu sprudeln. Silas stand auf und zog mich ebenfalls an den Schultern ein Stück zurück. Einen Augenblick später schoss das Wasser fontänenartig in die Höhe. Es spritzte in alle Richtungen und auch Silas und ich bekamen einige Tropfen ab. Auf spektakuläre Weise, wie einst bei Evolet, als ich das erste Mal hier war, sammelte sich das lebensspendende Element und formte sich zu einer respektgebietenden Männergestalt aus Wasser.

»Sei gegrüßt, liebe Helena. Wir haben deinen Besuch bereits erwartet.«

Der Zirkel war also über die Ereignisse der vergangenen Tage informiert. Ich erwiderte seinen Gruß und trat einen Schritt auf ihn zu.

»Ich bin wahrscheinlich die miserabelste Nachfolgerin, die ihr für Evolet finden konntet.«

Obwohl ich mir im Klaren darüber war, dass Silas dieses Eingeständnis hören konnte, musste ich es aussprechen. Harrison lächelte sanft.

»Unsinn. Stelle dich nicht auf eine Waage mit einer fünfhundert Jahre alten Hexe. Du bist gerade erst achtzehn Jahre alt geworden und erst seit einem Jahr eine Hexe. Niemand erwartet von dir, dass du mit dem Wissen und der Erfahrung aufwartest, die wir angesammelt haben. Das wäre auch schier unmöglich. Wir halten dich nach wie vor für eine würdige Vertreterin unserer Spezies. Und ich freue mich, dass du uns aufsuchst, um Rat zu suchen. Ich versichere dir, dass wir dir stets zur Seite stehen werden.«

Ich warf ihm einen dankbaren Blick zu, ehe Harrison sich an Silas wandte.

»Bevor wir uns über die Geschehnisse der vergangenen Tage unterhalten, möchte ich mein Wort an dich richten, Silas. Du fragst dich sicher, was der Zirkel, dem du einst ein treues Mitglied warst, nun über dich denkt und welcherart unsere Pläne für dich sind, richtig?«

Silas stand unruhig neben mir und sah Harrison ehrfürchtig an. Dieser begann zu sprechen.

»So höre: Du hast Glück gehabt, Silas, obwohl du es wahrscheinlich nicht verdient hast. Deine Seele wird nie blütenrein sein, aber sie konnte sich zumindest nicht vollständig schwarz einfärben. Zur Kehrtwende kam es in dem Moment, als Helena sich mithilfe ihrer Freunde aus deinen Fängen befreien konnte, dein grausiger Plan ans Licht kam und du ihn aufgeben musstest. Und nun war es ein Segen für dich, dass Ella deine Hilfe benötigte und Helena dich deshalb aus dem ewigen Moor befreite. Wir haben die Geschehnisse telepathisch genauestens verfolgt.

Du hast Helenas Unwissen über gewisse Dinge zu deinem Vorteil ausgenutzt, trotzdem standest du ihr zur Seite, obwohl du nun durch den Wechsel in eurem Kräfteverhältnis die Möglichkeit gehabt hättest, deinen einstigen Plan in die Tat umzusetzen. Das erkennen wir an. Wir akzeptieren Helenas Entscheidung und gewähren dir den Aufenthalt im übernatürlichen Königreich außerhalb des Moores. Alles Weitere wird Helena zu gegebener Zeit entscheiden und kann dabei auf unsere Unterstützung vertrauen. Vergiss nie, zu welchen Taten wir vereint oder einzeln imstande sind. Du wirst nicht noch einmal eine Chance bekommen.«

Silas nickte Harrison respektvoll zu.

»Ich werde es nicht vergessen.«

Als Harrison sich anschließend an mich wandte, meinte er, dass es nun an der Zeit sei, sich über die Vorgänge im ewigen Moor zu unterhalten.

»Helena, welche Fragen hast du?«

In meinem Kopf schwirrten tausende Dinge umher, deshalb versuchte ich mich einen Moment zu sammeln.

»Es gibt so viele Sachen, die ich nicht verstehe, Harrison. Aber von Anfang. Als wir im ewigen Moor Zauberei angewandt haben, hat jede Hexerei einen Tribut gefordert. Als ich beispielsweise den Nebel im ewigen Moor verschwinden ließ, wurden plötzlich Skelette sichtbar und irgendwie *lebendig*.«

»Durch das ewige Moor fließt eine heilige Quelle. Sie entspringt dem eisblauen See und verläuft unterirdisch. Wie du weißt, steckt die heilige Quelle voller Magie. Jeder, der das ewige Moor durchquert, bewegt sich somit auf ihr und eine automatische Verbindung entsteht, sofern sie nicht unterbrochen wird.«

Ich hatte diese Verbindung nicht unterbrochen, weil ich nichts von ihr wusste, doch nun ergab vieles einen Sinn.

Harrison erklärte weiter, dass die »Nebenwirkungen« der Zauberei durch die ungewollte Verbindung zur Quelle entstanden. Der Zauberspruch bekam dann quasi keine Luft. Das ewige Moor sei nämlich von einem unsichtbaren, kuppelartigen Schutzschild umhüllt. Je nachdem, ob man direkt auf einer der Verzweigungen der Quelle stand oder etwas weiter entfernt, fiel der Tribut unterschiedlich stark aus oder die Nachwirkungen verzögerten sich.

»Erinnerst du dich an den Augenblick, als Mila ein Feuer gezaubert hat, an dem ihr euch wärmen konntet? Zunächst verschwanden lediglich ein paar Bäume und zu einem späteren Zeitpunkt verfärbten sich ihre Haare und Cleophas Flaum.«

Siedend heiß fielen mir die Frisuren meiner Freundinnen ein. Ich musste unbedingt herausfinden, wie ich das wieder rückgängig machen konnte. Ich fragte Harrison danach.

Harrison atmete hörbar aus.

»Die Antwort wird dir nicht gefallen, Helena. Das Schutzschild über dem Moor sorgt dafür, dass nichts hindurchdringen kann. Weder ein Gefangener noch dort gesprochene Worte. Das bedeutet, dass der Zauber, der dort seine Wirkung entfaltet hat, auch nur dort rückgängig gemacht werden kann.«

»Oh nein!«, seufzte ich und war schon gespannt auf die Gesichter meiner Freundinnen, wenn sie davon erfuhren.

»Um das Problem mit den Haaren kümmere ich mich später. Als Nächstes würde ich gerne wissen, wie es passieren konnte, dass Silas und ich praktisch unsere Kräfte getauscht haben.«

Bevor mir Harrison darauf antwortete, warf er Silas einen tadelnden Blick zu.

»Du erinnerst dich: Wir haben dir gesagt, dass Silas nur durch deine Hand das ewige Moor verlassen kann. Als du mit ihm das Tor passiertest, war es auch möglich, aber du hast ihn mit keinem Zauber offiziell daraus entlassen. Eine Berührung seinerseits reichte aus, um dir deine Kräfte auszusaugen und sie sich selbst einzuverleiben.«

»Was?«, rief ich wütend und wirbelte zu Silas herum.

»Du wusstest das also und hast es eiskalt ausgenutzt! Was wusstest du noch alles? Womöglich hättest du uns auch sofort aus dieser Zwischenwelt befreien können, wenn du gewollt hättest, oder?«

Silas trat einen Schritt näher und seine Augen funkelten ebenso wie meine.

»Bereits als der Zauber gesprochen wurde, der mich ins ewige Moor verbannte, habe ich mir geschworen, alles dafür zu tun, um es wieder zu verlassen. Du kannst dir nicht einmal ansatzweise vorstellen, wie schrecklich es darin ist ...«

»Du bist ja auch nicht umsonst dorthin verbannt worden! Was hattest du denn für eine ›Belohnung‹ erwartet nach allem, was du getan hattest und noch vorhattest? Du warst nur noch einen Schritt von deinem Ziel entfernt. Wolltest du mit einem Karibikurlaub belohnt werden?«, entgegnete ich aufgewühlt.

»Was willst du jetzt von mir hören, Helena? Fakt ist, dass ich dem ewigen Moor entkommen wollte, und das habe ich auch geschafft. Und danach hätte ich uns tatsächlich schneller aus der Zwischenwelt wieder zurückbringen können, aber ich wollte Zeit mit dir verbringen. Ich wollte alles daransetzen, dass du meiner Bedingung zustimmst, mich wieder in mein altes Leben zurückkehren zu lassen, nachdem ich meine Schuldigkeit getan hatte. Und bevor du dich noch weiter aufregst: Ich habe es nicht nur aus Berechnung getan. Ich habe dich nicht nur deshalb in meine Vergangenheit mitgenommen. Ich habe es auch getan, weil ...«

»Weil, was?«, hakte ich mit leiser Stimme nach, als die seine versagte. Er verdrehte die Augen.

»Du glaubst mir ohnehin nicht, wenn ich dir sage, dass ich dich in der Vergangenheit und auch jetzt zwar als Mittel zum Zweck benutzt habe, aber dass ich außerdem auch gerne Zeit mit dir verbracht habe und verbringe, weil ich dich – aus welchem Grund auch immer – mag!«

Verblüfft sah ich ihn an.

»Ich glaube dir sogar, dass du es ernst meinst, Silas, aber ich kann mich des Gedankens nicht erwehren, dass jede deiner Handlungen nicht nur aus Freundlichkeit geschieht, sondern so ziemlich jedes Mal mit Hintergedanken verbunden ist. Wie dem auch sei ...«

Ich hob beschwichtigend die Hände.

»Wir sollten uns jetzt wieder auf das Wesentliche konzentrieren. Harrison, wie kann ich meine Kräfte zurückbekommen?«

Mir schwante die Antwort bereits, bevor Harrison sie mir offenbarte. Wenn ich meine Kräfte wiedererlangen wollte, musste ich sie Silas entwenden. Dafür musste ich ihn ins ewige Moor zurückbringen und den Zauber dort sprechen. In meinen Gedanken rückte die Umsetzung dieses Vorhabens erst einmal in weite Ferne ...

# 17. Kapitel

»Kommen wir nun zu Ella«, sagte ich und merkte, wie Silas neben mir kaum merklich zusammenzuckte. »Ich bin wirklich untröstlich über ihre damalige Grausamkeit«, meinte Harrison und warf Silas einen mitfühlenden Blick zu.

»Ella war sich der möglichen Konsequenzen ihres Verhaltens nie bewusst, bis du sie versehentlich von einer Vampirin in eine Elfe verzaubert hast. Obwohl sie, nachdem dein Vater sie berechtigterweise verjagt hat, weiterexperimentiert hat, war sie Zeit ihres Lebens eingeschränkt. Sie wollte und konnte beispielsweise nicht im Feengarten arbeiten, um nicht erkannt zu werden. Als du dich mit Mila anfreundetest, Silas, musste Ella einen weiten Bogen um euch machen. Es wäre zu riskant gewesen, hätte man sie mit dir in Verbindung gebracht. Ella wusste nie, wer in die damaligen Geschehnisse eingeweiht war. Die Einzigen, die ihre Geschichte aus ihrer Sicht kannten, waren die letzten Meerjungfrauen.«

»Weißt du, warum ausgerechnet die letzten Meerjungfrauen ihr Vertrauen entgegenbrachten?«, hakte ich nach.

»Soweit mir bekannt ist, schloss sie noch als Vampirin, bevor sie Ghidora traf, Freundschaft mit den drei Meerjungfrauen. Deshalb deckten sie Ella und gewährten ihr den Zugang zu den verborgenen Höhlen«, antwortete Harrison. Ich erkundigte mich in diesem Zusammenhang, warum es nur noch drei Wesen dieser Spezies gab und ob in der Höhle eine besondere Magie herrschte, denn als wir sie betraten, begannen die Schuppenkleider von Saphira, Yara und Maila zu leuchten. Harrison erzählte uns, dass sich die

Zahl der Meerjungfrauen einst dezimierte, weil männliche Nachkommen ausblieben. Zur Beschaffenheit der Höhle sagte er uns, dass dort in der Tat eine besondere Magie herrsche. Aus ihr bezogen alle Seebewohner die Kraft, um unter Wasser zu atmen. Sollte die Höhle je zerstört werden, würde mit ihr auch alles Leben unter Wasser ausgelöscht werden. Früher lebte in dieser Höhle die Anführerin der Meerjungfrauen. Ihre Gewölbe, die als Tempel dienten, wurden streng bewacht.

»Das ist ja interessant«, merkte ich an und kam wieder auf Ella zu sprechen.

»Wie dir sicher schon bekannt ist, Harrison, wurde Silas' Mutter tot aufgefunden. Die Trolle haben sie untersucht, konnten jedoch die Todesursache nicht herausfinden. Hast du eine Erklärung für ihr Ableben?«

Wissend nickte der alte Mann.

»Ella hatte bei ihrem Plan, sich selbst zu retten, ihrer Ansicht nach jede Einzelheit bedacht. Ihr Ziel war es, an das Blut von Silas zu gelangen. Wie du weißt, hausieren die Bewohner des übernatürlichen Königreichs nicht mit ihren besonderen Gaben, aber Ella wusste natürlich als einstige Frau von Ghidora um die Besonderheit, die in der Familie weitergegeben wird. Aus eigener Kraft wäre es Ella nicht mehr gelungen, das ewige Moor aufzusuchen, abgesehen davon war sie sich sicher darüber im Klaren, dass Silas ihr höchstwahrscheinlich nicht freiwillig helfen würde. So kam sie auf die Idee, Lisandro zu entführen und als Druckmittel zu benutzen. Was Ella jedoch nicht bedachte und auch nicht wissen konnte, ist, dass die Blutspende nur eingeschränkt ihre Wirkung entfalten konnte. Die Krankheit wurde zwar vollständig geheilt, jedoch konnte der bevorstehende Tod nicht mehr aufgehalten werden.«

»Warum nicht?«, wollte Silas mit kalter Stimme wissen.

»Da du nicht offiziell aus dem ewigen Moor entlassen wurdest, ist das natürliche Gleichgewicht durcheinandergeraten. Zu den Auswirkungen gehörte, dass Helena praktisch ungewollt die Kräfte mit dir getauscht hat. Auch euer Aufenthalt in der Zwischenwelt ist darauf zurückzuführen. Wir können das Geschehene nicht mehr rückgängig machen. Es hat tragischerweise bereits einen Tribut gefordert, das Leben von Ella, sorgen wir also dafür, dass es nicht weitere werden.«

Nach Harrisons Worten schwiegen wir eine Weile, ehe der Weise wieder das Wort ergriff.

»Für mich wird es nun Zeit, wieder zu gehen. Was ich euch noch mit auf den Weg geben möchte, ist, dass ihr nicht vergessen dürft, dass ihr beide außerhalb des Waldes gezaubert habt. So etwas bleibt nie ohne Konsequenzen und ...«

Noch bevor Harrison seinen Satz zu Ende sprechen konnte, löste sich seine Wassererscheinung auf und sank spritzend in sich zusammen, bis sich uns wieder der Anblick der ebenmäßigen Wasseroberfläche bot. Sein Erscheinungszeitfenster war begrenzt. Ich starrte auf das Wasser und versuchte die vielen Informationen zu sortieren und zu verarbeiten. Zwar hatte ich nun viele Antworten, trotzdem schwirrten noch etliche weitere Fragen in meinem Kopf herum. Es wäre auch zu einfach gewesen, wenn ich Harrison noch eine weitere Stunde hätte löchern können und auf alle Rätsel eine Antwort bekommen hätte. Trotzdem ließ mich das Gefühl nicht los, dass es wichtig war, was er uns zum Schluss noch hatte sagen wollen ...

Silas riss mich aus meinen Gedanken.

»Na los, stell mir die Frage, die dir wahrscheinlich schon die ganze Zeit auf den Lippen liegt«, forderte er und ich zog nachdenklich die Brauen zusammen.

»Was meinst du?«

Er rollte mit den Augen und verschränkte die Arme.

»Na was wohl? Harrison hat dir verraten, wie du deine Kräfte zurückerlangen kannst, möchtest du nicht wissen, ob ich dich ins ewige Moor begleite?«

Ach, darauf wollte er hinaus, dachte ich.

»Um ehrlich zu sein, steht dieser Punkt auf meiner To-do-Liste ganz unten. Diese Frage brauche ich dir nämlich gar nicht erst zu stellen. Ich weiß ja, wie deine Antwort lauten würde: Nein. Ich habe dir mein Wort darauf gegeben, dass du wieder außerhalb des ewigen Moores leben kannst, wenn du Ella hilfst. Dieses Versprechen werde ich auch halten. Ich weiß nur noch nicht, wie ich zu meinem Wort stehen *und* meine Hexenkräfte zurückerhalten kann.«

»Jeder andere an deiner Stelle würde wohl auf sein Versprechen pfeifen«, meinte Silas anerkennend.

»Mit *jeder andere an deiner Stelle* meinst du wahrscheinlich auch dich selbst, oder?«, entgegnete ich, er ging jedoch nicht weiter auf diese Frage ein, sondern redete übergangslos weiter.

»Die anderen Waldbewohner könnten selbst mit gebündelten Kräften nicht viel gegen mich ausrichten, aber dich würde es ein Fingerschnipsen kosten und die Mitglieder der primum maleficis würden mich vereint wieder ins ewige Moor befördern. Ich rechne es dir hoch an, dass du, obwohl du nicht mehr auf meine Hilfe angewiesen bist, dennoch aufrichtig bleibst. Danke.«

Schweigend nickte ich.

Als ich zurück zum Schloss kam, erzählte ich Lorenzo von dem Besuch bei Harrison und fiel anschließend in einen traumlosen Schlaf. Am nächsten Morgen weckte mich sanft Cleophas kitzelnder Flaum.

»Guten Morgen, Helena«, zwitscherte sie fröhlich. Als ich die Augen einen Spalt weit öffnete, flog sie um mein Bett herum.

»Gibt es einen Anlass für deine gute Laune?«, fragte ich lächelnd.

»Ich bin einfach nur froh, dass du wieder da bist«, antwortete sie und ließ sich neben mir nieder.

»Als ich mit Silas in dieser Zwischenwelt gefangen war, habe ich kaum zu hoffen gewagt, dass der Tag meiner Heimkehr so schnell kommen würde. Zum Glück sind wir alle wohlbehalten zurückgekehrt und nun in Sicherheit. Trotzdem, ein paar Dinge müssen wir noch regeln, bevor wieder Normalität einkehren kann.«

»Da hast du recht, wo fangen wir am besten an?«

Ich seufzte und ließ mich grübelnd zurück auf die Kissen fallen.

»Zunächst sollten wir Lisandro wissen lassen, wie sein Urteil ausfällt«, schlug ich vor und Cleopha stimmte mir zu, dass das ein guter Anfang wäre. Ich schlug die Bettdecke zurück und ging ins Bad. Dieses Mal erledigte ich meine Morgentoilette nicht durch Hexerei, sondern genoss eine heiße Dusche. Anschließend traf ich mich mit Lorenzo und wir beriefen eine Ratssitzung ein. Binnen einer halben Stunde hatten sich alle in dem Turmzimmer versammelt.

»Danke, dass ihr alle so zügig erschienen seid. Wir sind heute hier versammelt, um den Fall Ella abzuschließen. Infolge ihres Todes kann sie für ihre Taten nicht mehr belangt werden. Ebenso ist niemand für ihr Ableben verantwortlich, da es ein Zusammenspiel vieler Faktoren war, die zu diesem bedauerlichen Verlust geführt haben.«

Ich schluckte bei diesen Worten. »Niemand konnte ahnen, dass Ellas Tod unausweichlich war, obwohl ihre Krankheit geheilt werden konnte, weil ich aus Unwissenheit das Gleichgewicht der Kräfte durcheinandergebracht habe. Lorenzo, Mila und Cleopha haben mir versichert, dass ich mir deswegen keine Vorwürfe zu machen brauche. Ich möchte Ella nicht auf einen Sockel heben nach alldem, was sie Lisandro angetan hat, aber dieses drastische Ende hat sie in meinen Augen nicht verdient.«

»Es bleibt nunmehr nur noch Lisandro für seinen Verrat zur Rechenschaft zu ziehen«, ergriff nun Lorenzo das Wort. Anschließend folgte eine längere Diskussion. Während die einen seine Reue als aufrichtig einstuften und daher ein abgemildertes Urteil forderten, wollten die anderen, dass er für die Teilnahme an den Blutexperimenten angemessen bestraft wurde. Cleopha hielt sich mit Meinungsäußerungen zurück und auch Mila blieb stumm. Nachdenklich sah sie immer wieder aus dem Fenster. Ich selbst äußerte auch nicht meine Meinung, denn ich hatte urplötzlich Kopfschmerzen bekommen und konnte mich kaum auf etwas anderes konzentrieren. Mit einem Mal ließen die Schmerzen nach und die bekannte geisterhafte Stimme wisperte in meinem Kopf.
*Helena, hör mir gut zu …*
Erschrocken riss ich meine Augen auf. Ich sah mich um und vergewisserte mich, dass mich niemand beobachtet hatte. Diese Stimme erklang wirklich stets in den ungünstigsten Augenblicken! Außerdem – wer verbarg sich dahinter? Diese Frage hatte ich Harrison noch stellen wollen. Aber warum fragte ich sie eigentlich nicht selbst? Mittlerweile verfiel ich schließlich nicht mehr in eine längere Schockstarre, sobald ich sie hörte.
*Wer oder was bist du?*, fragte ich in Gedanken.
*Noch ist die Zeit nicht gekommen, dass du es herausfindest …* Etwas ernster fügte die Stimme hinzu: *Weshalb ich zu dir*

*spreche: Milas Vermutungen waren richtig. Lisandro wollte mit aller Macht etwas Höheres als eine Elfe sein. Als er bemerkte, dass Ellas Experimente ihn seinem Ziel nicht näher brachten, verschaffte er sich Zugang zum Königshaus. Sein Plan war, die Zuneigung von Prinzessin Mila zu gewinnen, um sich so einen angesehenen Platz in der übernatürlichen Welt zu sichern. Die aktuellen Geschehnisse haben ihn nicht vollständig von seinem Plan abgeschreckt. Irgendwann wird er es wieder versuchen, wenn auch auf anderem Wege ...*

Misstrauisch zog ich die Brauen zusammen.

*Wie kann ich auf die Wahrheit deiner Behauptungen vertrauen?*

Einen Augenblick lang war es daraufhin still in meinem Kopf und ich dachte schon, keine Antwort mehr zu erhalten, aber kurze Zeit später hörte ich wieder das mittlerweile vertraute geisterhafte Wispern.

*Ich bin auf deiner Seite, Helena. Doch wenn dir meine Versicherung nicht reicht, dass dies die Wahrheit ist, dann empfehle ich dir, eine Befragung der Meerjungfrauen anzuordnen. Sie hatten über einen längeren Zeitraum Kontakt zu Lisandro und können Auskunft über sein Verhalten geben.*

Das stimmte. Warum war ich nicht selbst auf diese Idee gekommen? Wenn ich Lorenzo sagte, dass eine Stimme in meinem Kopf mir die Wahrheit über Lisandro übermittelt hatte, würde das vor ihm und vor dem höchsten Gericht eher unglaubwürdig klingen und ich konnte die Anschuldigung nicht beweisen. Hingegen könnten die Zeugenaussagen der Meerjungfrauen Licht in das Dunkel bringen.

# 18. Kapitel

Die Möglichkeit bestand immerhin, dass sich die Stimme irrte. Trotzdem schlug ich dem Rat eine Befragung der Meerjungfrauen vor, um über Lisandro ein gerechtes Urteil fällen zu können. Mittels eines Hologramms befragten wir Saphira, Yara und Maila unabhängig voneinander. Sie alle lieferten ähnliche Antworten und beschrieben Lisandro als gehässig. Mit jedem gescheiterten Versuch, ein mächtiger Hexer zu werden, war er ungehaltener und finsterer geworden. Also entsprach die Behauptung der unbekannten Stimme der Wahrheit. Lisandro gehörte nicht zu den Guten. Er wollte an mehr Macht gelangen. Abermals bestätigten die Meerjungfrauen die Vermutung und berichteten, dass es sein nächstes Ziel war, Prinzessin Milas Vertrauen zu erschleichen. Ich warf Mila einen mitfühlenden Blick zu und wandte mich schließlich wieder an die drei Meerjungfrauen.

»Vielen Dank für eure Auskunft und auch nochmals dafür, dass ihr uns zu eurer Höhle gebracht habt.«

Plötzlich hielt ich inne. Eine Frage kam mir jetzt erst in den Sinn.

»Sagt mal, ihr habt ja Lisandro selbst zu dem Versteck gebracht. Wie lange hättet ihr ihn dort noch schmachten lassen? Bis er …«

»Nein!«, riefen die drei wie aus einem Munde aus. Sie erzählten, dass sie Ella hatten versprechen müssen, Lisandros Befreiung so lange wie möglich hinauszuzögern.

»Wenn ihr nicht gekommen wärt, hätten wir Lisandro in den darauffolgenden Stunden wieder an die Wasseroberfläche gebracht«, beteuerte Saphira und ich glaubte ihr.

Wir schlossen die Befragung ab und danach ging alles sehr schnell. Der Rat war sich nun bei dem Urteil über Lisandro einig: Er würde für fünfzig Jahre in den königlichen Kerker gesperrt werden. Wenn die Zeit vorüber war, würde der gefallene Elf abermals befragt werden, um zu prüfen, ob er sich gewandelt hatte und für ein Leben unter den Waldbewohnern wieder tauglich war. Mit unbewegter Miene nahm Lisandro sein Urteil hin und würdigte weder Mila noch sonst jemand eines Blickes ...

»Ich weiß nicht, wie ich mich so in ihm täuschen konnte. Er ist wirklich ein guter Schauspieler«, seufzte Mila betrübt, als wir unter uns waren. Zusammen mit Cleopha und ihr saß ich auf der Dachterrasse und wir schlürften genüsslich jeder einen aufmunternden Früchtecocktail. Das war ein buntes Mixgetränk, bestehend aus verschiedenen Obstsorten aus dem Feengarten und obendrein mit einem Zauber präpariert. Bei jedem Schluck aus dem Strohhalm sprudelten verschiedenste Obstsorten aus dem Glas, denen Arme und Füße wuchsen. Sie hüpften jeweils wenige Sekunden vor dem Trinkenden auf und ab, schnitten ihm witzige Grimassen und besprühten ihn mit energetischer, schnell trocknender Flüssigkeit. Cleopha und ich hatten ihn eigens für Mila herbeigeholt. Eine ihrer Feenfreundinnen hatte den Cocktail vor einiger Zeit erfunden. Sie bot ihn allen an, die eine Portion Aufmunterung gebrauchen konnten, und Mila hatte diese im Moment dringend nötig.

»Eigentlich bin ich froh, dass er sich am Ende nicht mehr zu Lügen aufgerafft hat. Ich hätte ihm ohnehin nicht geglaubt, wenn er mir gesagt hätte, dass er mich wirklich mag. Wir sind schließlich in keinem Film, in dem sich der Täter urplötzlich in sein Opfer verliebt und als Liebesbeweis seine finsteren Absichten aufgibt«, fügte Mila hinzu und wirkte bereits eine Spur gefasster. Diese Eigenschaft bewunderte ich an Mila. Meine Freundin mit der winzigen Statur barg in sich eine beeindruckende innere Stärke. Den Spruch: Hinfallen, Krone richten, aufstehen und weitergehen, lebte sie im wahrsten Sinne des Wortes. Verglich man ihr Leben mit einer Straße, auf der sich durch Situationen wie diese plötzlich Baustellen auftaten, verweilte sie nie lange dort, sondern reiste zügig weiter. Was nicht bedeutete, dass Mila das Geschehen ignorierte. Im Gegenteil. Sie verarbeitete es auf ihre ganz eigene Art. Es war, als ob sie die Augen schloss, um innerlich ein letztes Mal zurückzuschauen. Sie gönnte sich einen Augenblick der Ruhe und der Einkehr, um dann wieder gestärkt nach vorne zu blicken. Trotzdem war ich mir sicher, dass Mila die Enttäuschung, die ihr Lisandro bereitet hatte, nicht so schnell verwinden würde. Er hatte in dem letzten Jahr einen zu großen Platz in ihrem Herzen eingenommen.

»Ich glaube auch, dass sein Schweigen besser war als irgendwelche Ausflüchte. Erneute Lügen hätten alles nur noch schlimmer gemacht«, warf ich ein.
»Da hast du recht«, nickte auch Cleopha. Sie ermunterte Mila, sich jederzeit an uns zu wenden, wenn sie seelischen Beistand brauchte.
»Ich weiß, dass ihr immer für mich da seid, und dafür danke ich euch. Tatsächlich mache ich mir aber weniger Gedanken um Lisandro als vielmehr um euch. Besonders um dich, liebe Helena. Du hast alles gegeben, um Lisandro zu retten, und nun? Sieh uns an! Cleophas Flaum ist violett, meine Haare schillern in sämtlichen Regenbogenfarben«, meinte sie scherzend und fügte ernster hinzu:
»Wir drei haben gewagt, was sich vor uns noch niemand

getraut hat: Wir sind freiwillig in das sagenumwobene ewige Moor gereist. Wir haben leichtfertig unsere Existenz aufs Spiel gesetzt. Du hast deine Kräfte verloren. Silas ist auf freiem Fuße. Die Menschenwelt hätte dich um ein Haar entdeckt. Ich möchte mir gar nicht ausmalen, was in diesem Fall passiert wäre. Und das alles war vollkommen umsonst, weil Lisandro mich getäuscht hat. Das ist das Schlimmste daran.«

Nachdenklich nickten Cleopha und ich. Sie hatte recht. Nüchtern betrachtet waren all unsere Bemühungen umsonst. Im nächsten Moment erschrak ich aus zweierlei Gründen. Zum einen spie eine Erdbeere grünlich schimmerndes, gefärbtes Wasser in Milas Gesicht, und zum anderen stand urplötzlich Silas in zwergenhafter Größe vor uns auf dem Tisch. Mit weit aufgerissenen Augen sah ich ihn an.

»Was ist denn mit dir passiert?«

Er gestikulierte aufgebracht.

»Ich fand meine Burg in einem völlig verwandelten Zustand vor. Anscheinend hat niemand mehr damit gerechnet, dass ich zurückkomme, und dort alles verändert. Nun wollte ich sie wieder in ihren Ursprungszustand hexen. Ich habe gefühlt fünfzig Zaubersprüche benötigt, um alle Details wiederherzustellen!«, erzählte er wütend.

»Seht euch an, was dabei herausgekommen ist. Mit jedem vollzogenen Zauberspruch bin ich geschrumpft. Ehe ich es bemerkt habe, war es bereits zu spät!«

»Ich habe es mir also nicht nur eingebildet!«, murmelte ich vor mich hin. Ich hatte schon gedacht, dass mit meiner Wahrnehmung etwas nicht stimmte. Zwei Mal war mir aufgefallen, dass Silas nach einem Hexenspruch kleiner wirkte, jedoch dachte ich, dass es Einbildung war.

»Du hast das schon früher bemerkt?«, hakte Silas nach.

»Ja, aber ich habe keinen Zusammenhang erkannt«, entgegnete ich und setzte mich aufrecht hin.

»Doch jetzt ergibt es einen Sinn. Ich vermute, die Auswirkungen unserer Hexerei im ewigen Moor haben auch dich nicht verschont. Ich habe dich nicht offiziell aus dem ewigen Moor entlassen, schon vergessen? Scheinbar ist es dein Fluch: Jeder vollzogene Zauber lässt dich schrumpfen.«

Und in dem Moment, als ich es aussprach, kam mir eine Idee ...

# 19. Kapitel

Bevor ich meinen Einfall den anderen mitteilte, wartete ich ab, bis Silas seinem Ärger Luft gemacht hatte. Während er vor sich hin schimpfte, stieß Lorenzo zu uns. Entgeistert sah er zu seinem einstigen Freund hinab. Entgegen meiner Erwartung verjagte er Silas nicht, sondern ließ sich von mir erklären, warum dieser nunmehr nur noch einen Bruchteil seiner ursprünglichen Größe maß.

»Ich hätte da allerdings bereits einen Plan …«, begann ich und alle wandten mir ihre Aufmerksamkeit zu.

»Wenn alles klappt, könnte ich gleich zwei Probleme auf einmal lösen: Silas würde wieder seine normale Größe annehmen und ich würde wieder einen Zugang zu meinen Hexenkräften finden.«

»Wie soll das funktionieren?«, wollte Cleopha wissen und blickte mich neugierig aus ihren kleinen Äuglein an.

»Damit mein Plan gelingt, müssen wir noch einmal ins ewige Moor reisen«, verkündete ich und erntete ungläubige Blicke.

»Was?!«, entrüsteten sich alle wie aus einem Munde.

»Erinnert ihr euch an Harrisons Worte? Jeder Zauber, der im Moor begonnen wurde, muss auch dort vollendet werden«, erklärte ich und wurde von Silas unterbrochen.

»Warte mal. Du glaubst doch nicht, dass ich dir so leichtfertig in diese Hölle folge?«

»Hör Helena doch erst einmal zu, ehe du protestierst!«, forderte Mila und mein Geduldsfaden in Bezug auf Silas begann allmählich zu reißen.

»Langsam solltest du mich gut genug kennen, um zu wissen, dass es nicht meine Art ist, Intrigen zu spinnen! Ich sage es dir nun ein letztes Mal: Ich habe dir mein Hexenehrenwort darauf gegeben, dass du außerhalb des Moores leben kannst, und ich werde es einhalten. Entweder vertraust du mir jetzt oder du gehst von hier fort.«

Gespannt wartete ich auf eine Reaktion von Silas. Ich hatte viel aufs Spiel gesetzt. Er war zwar auf meine Hilfe angewiesen, ich aber ebenso auf seine.

»Es bleibt mir wohl nichts anderes übrig, als zu bleiben«, knurrte er und ich atmete erleichtert auf.

»Gut, dann schlage ich vor, dass wir uns gar nicht lange aufhalten, sondern uns sofort auf den Weg machen. Wie es weitergeht, besprechen wir nach unserer Ankunft im ewigen Moor.« Dann sprach ich Mila und Cleopha direkt an.

»Was haltet ihr von meinem Plan? Ihr habt nun die einmalige Gelegenheit, eure alten Haarfarben zurückzubekommen.«

Sie sahen einander an und nickten eifrig.

»Und ich hatte mich beinahe daran gewöhnt«, warf Lorenzo belustigt ein.

»Da muss ich dir zustimmen. Im ersten Moment ist der Anblick zwar etwas irritierend, aber irgendwie haben die Farben etwas Außergewöhnliches und Besonderes an sich«, meinte ich schmunzelnd. Mila und Cleopha blieben jedoch bei ihrer Meinung und wollten wieder so aussehen wie vorher.

Wenige Zeit später versammelten wir uns am Abflugplatz. Gerade als ich überlegte, ob ich versuchen sollte, Harrison noch einmal einen Besuch abzustatten, um mich zu versichern, dass mein Vorhaben auch richtig war, wisperte plötzlich die geisterhafte Stimme in meinem Kopf.

*Du brauchst das unendliche Grab nicht aufzusuchen. Ich werde dir beistehen und dich in deinem Vorhaben anleiten.*

Ich zuckte zusammen und dieses Mal bemerkte es Silas.
»Was ist los?«, formte er lautlos mit den Lippen. Bevor ich ihm antwortete, sah ich mich um. Mila war in ein Gespräch mit Cleopha vertieft und Lorenzo wollte in wenigen Augenblicken nachkommen. Silas bemerkte mein Zögern und hakte nach.
»Gibt es ein Problem mit deinem *Plan*?«
»Nein«, sagte ich energisch und unterstrich meine Antwort mit einem Kopfschütteln. In diesem Moment näherte sich uns Lorenzo. Er sah von mir zu Silas.
»Ist alles in Ordnung?«, fragte er und sah mich besorgt an.
»Ja. Irgendwie schon ... Es ist nur so ... Ich ...«, stammelte ich. Nun wandten sich uns auch Mila und Cleopha zu und warfen mir fragende Blicke zu.
»Du kannst uns alles erzählen, Helena«, ermutigte mich Lorenzo und legte mir einen Arm um meine Schulter.
»Also gut«, sagte ich und atmete hörbar aus.
»Wahrscheinlich werdet ihr mich jetzt alle für durchgedreht halten, aber ich höre schon seit längerer Zeit eine Stimme in meinem Kopf.«
So, jetzt war es heraus. In der Menschenwelt würden jetzt die Männer und Frauen mit den weißen Kitteln anrücken und mich in eine geschlossene psychiatrische Einrichtung abtransportieren! Ob es in der übernatürlichen Welt auch etwas Vergleichbares gab? Vorsichtig hob ich meinen Blick und sah als Erstes zu Lorenzo. Überrascht stellte ich fest, dass ein Lächeln seinen Mund umspielte. Auch die anderen musterten mich nicht, als wäre ich von allen guten Geistern verlassen. Im Gegenteil. Eher neugierig.
»Wie lange hörst du die Stimme schon?«, erkundigte sich Cleopha interessiert.
»Zum ersten Mal vernahm ich sie im Hotel während mei-

nes Praktikums bei meinem Onkel Leopold und meiner Tante Sophia«, antwortete ich und schilderte ihnen meine damaligen und späteren Erlebnisse.

»Warum hast du denn nicht schon früher etwas gesagt?«, wollte Lorenzo wissen. Ehe ich es erklären konnte, meinte er, dass er sich vorstellen konnte, wie erschrocken ich über diese Stimme war, und mich nicht traute darüber zu reden.

»Hast du etwa vergessen, wo wir leben? In der übernatürlichen Welt ist nichts unmöglich. Außergewöhnliche, einzigartige Dinge sind bei uns an der Tagesordnung. Niemand ist verrückt, wenn sie ihm passieren, sondern vielmehr *besonders*.«

Lorenzo hatte recht. Mit einem Mal kam ich mir wirklich blöd vor. Ich hatte mir tatsächlich grundlos den Kopf zerbrochen. Ich war in der übernatürlichen Welt! Hier war absolut nichts normal. Ich hörte eine Stimme im Kopf, na und? Andere verwandelten sich in Drachen …

»Wisst ihr denn etwas über diese Stimme? Habt ihr selbst oder haben andere Übernatürliche schon Erfahrungen damit gemacht?«, fragte ich, um von mir selbst ein wenig abzulenken. Bis auf Silas schüttelten alle den Kopf. Mir fiel auf, dass er sich bisher zu dem Thema überhaupt nicht geäußert hatte.

»Silas, wie verhält es sich bei dir?«, hakte ich nach. Er zuckte mit den Schultern.

»Genaueres ist mir nicht bekannt. In einem Punkt bin ich mir jedoch sicher: Die Fähigkeit, mit seiner Stimme in einen anderen Kopf einzudringen, erfordert große Macht. Was auch immer sich dahinter verbirgt, es wird keine Nullachtfünfzehn-Fee sein.«

»Na, vielen Dank auch!«, brummelte Mila, die sich und ihre Artgenossen ungern als etwas Langweiliges und Durchschnittliches betiteln ließ.

»Du weißt, wie ich das meine!«, entgegnete ihr Silas. Sie wandte sich von ihm ab und richtete ihre nächsten Worte an mich.

»Was meinst du nun, Helena? Sollen wir der Stimme vertrauen und aufbrechen?«

Entschlossen nickte ich.

»Ja, wir sollten aufbrechen. Bisher hat mich die Stimme nie getäuscht. Sie warnte mich sogar davor, Ellas Zimmer zu betreten. Eigentlich hatte ich vor, Harrison noch einmal einen Besuch abzustatten, um ihm von meinem Plan zu erzählen. Aber er hat sich gerade erst wieder zurückgezogen, da möchte ich ihn nicht noch einmal rufen. Abgesehen davon sollte mein Plan auch ohne Hilfe funktionieren. Ich wollte mich nur absichern.«

Wenige Zeit später machten wir uns auf den Weg zum ewigen Moor. Da Mila den Weg jetzt kannte, konnte sie ihre Gabe einsetzen.

»Seid ihr bereit?«, fragte sie und wir nickten.

»Dann bilden wir einen Kreis und legen die Handflächen aufeinander.«

Neben Mila reihte sich Cleopha ein. Lorenzo stellte sich neben meine Feder und berührte Cleophas winzige Hand. Danach kam ich und zwischen Mila und mir ordnete sich Silas ein. Als sich unser Kreis schloss, wurden wir in Sekundenschnelle zum Eingang des ewigen Moores transportiert. Lorenzo, der noch nie dort war, sah sich fasziniert um. Auch wenn er uns nicht durch den Eingang folgen würde, wollte er uns dieses Mal dennoch bis hierher begleiten.

»Hinter dieser Pforte soll sich das ewige Moor befinden? Ich hätte es mir ... Wie soll ich es formulieren ...«, begann er und suchte nach den passenden Worten.

»Ich hätte es mir gruseliger vorgestellt«, meinte er schließlich.

»Lass dich nicht von dieser äußeren Fassade täuschen, Lorenzo. Hinter dem Eingang erwartet den Eingetretenen ein völlig anderer Anblick«, warf ich ein und überlegte, mit wem ich zuerst den Eingang passieren sollte.

*Beginne mit Mila und Cleopha*, riet mir prompt die Stimme. *Diese Aufgabe ist leichter zu bewältigen.*

Da dieser Tipp vernünftig klang, setzte ich ihn auch um. Vorher verabschiedete ich mich noch von Lorenzo. Er und Silas standen etwas unbeholfen beieinander. Silas wirkte zwar kühl, aber ich wusste genau, dass sich hinter seiner versteinerten Miene ein großes Unwohlsein darüber verbarg, dass er mit Lorenzo alleine bleiben musste. Sie würden wohl nie mehr Freunde werden, aber langfristig gesehen mussten sie sich miteinander arrangieren und sich gegenseitig zumindest akzeptieren ...

Wenige Wimpernschläge später standen Mila, Cleopha und ich auf der anderen Seite des Eingangs.

»Und jetzt? Reicht es, wenn ich einfach einen Zauber spreche?«, wollte Mila wissen.

»Normalerweise schon«, antwortete ich.

»Die Hauptsache ist, dass er hier in der Region des ewigen Moores gesprochen wird.«

»Stopp!«, rief ich im selben Augenblick, als Mila ihre Augen schloss, um sich voll und ganz auf den Zauber zu konzentrieren. Mila zuckte zusammen. Mir fielen Harrisons Worte ein: *Durch das ewige Moor fließt eine heilige Quelle. Sie entspringt dem eisblauen See und verläuft unterirdisch. Wie du weißt, steckt die heilige Quelle voller Magie. Jeder, der das ewige Moores durchquert, bewegt sich somit auf ihr und eine automatische Verbindung entsteht, sofern sie nicht unterbrochen wird ...*

»Was ist los?«, fragte Mila.

»Oh nein!«, sagte ich und schlug die Hände über dem Kopf zusammen.

»Vor lauter Fragen, die in meinem Kopf umhergeschwirrt sind, habe ich völlig vergessen Harrison zu fragen, wie man die automatische Verbindung unterbricht, die entsteht, wenn man den Boden des ewigen Moores berührt.«

Cleopha schwebte aufmunternd näher zu mir heran.

»Das ist nicht schlimm. Harrison erzählte dir doch auch, dass es einen Unterschied macht, ob man direkt auf einer Verzweigung der Quelle steht oder daneben. Je nachdem fallen die Nachwirkungen des Zaubers unterschiedlich stark aus. Es ist kein großer Zauber, den wir vollziehen, und wir stehen so nah am Eingang. Vielleicht haben wir Glück und es geschieht nichts, und falls doch etwas Unvorhergesehenes passiert, können wir sofort aus der Pforte herauslaufen.«

Mila stimmte Cleopha zu.

»Das sehe ich auch so. Mach dir keine Gedanken, Helena. Es wird alles gut gehen.«

Ich war nur halb davon überzeugt und stand dem Vorhaben immer noch skeptisch gegenüber, stimmte aber zu.

*Wenn ihr wollt, dass zeitgleich auch Cleopha wieder in ihren reinen, weißen Ursprungszustand versetzt wird, soll sie den Boden berühren. Das schließt sie dann in den Zauber mit ein. So benötigt ihr nur einen Spruch für die Rückverfärbung der Haare und senkt das Risiko für weitere unvorhersehbare Nebenwirkungen*, empfahl mir die Stimme. Ich gab die Information an Mila und Cleopha weiter und sie waren ebenso wie ich dankbar dafür. Je schneller wir das ewige Moor wieder verlassen konnten, desto besser.

»Du kannst jetzt die Zauberworte sprechen«, sagte ich zu Mila und Cleopha schwebte auf ihre Position am Boden. Mit ihrer winzigen Hand berührte sie die sumpfige Erde. Mila senkte erneut die Lider und sprach leise schnelle Worte. Als Mila ihre smaragdgrünen Augen öffnete, wurden sie und Cleopha von einem schillernden Nebel umhüllt. Zunächst war der Nebel weiß. Es dauerte jedoch nicht lange, da verfärbte er sich violett und unter diesen Farbton mischten sich verschiedenste Regenbogenfarben. Es wirkte, als würden aus Milas Haaren und Cleophas Flaum die Farben herausgesaugt werden. Der Nebel verpuffte und meine Freundinnen sahen aus wie vor unserer ersten Reise ins ewige Moor. Erfreut sahen sich die beiden an und Cleopha wirbelte durch die Luft. Ich ließ mich von ihrer Freude anstecken und vergaß beinahe zu prüfen, ob es zu Nebenwirkungen gekommen war. Eilig ließ ich meinen Blick in alle Himmelsrichtungen schweifen, jedoch konnte ich nichts Andersartiges feststellen.

»Siehst du, Helena. Es ist nichts passiert!«, rief mir Cleopha jubelnd aus der Luft zu. Ich lächelte.

»Trotzdem sollten wir keine Zeit verlieren. Los, verlassen wir das ewige Moor.«

Erleichtert empfing uns Lorenzo vor dem Eingang.

»Zum Glück, ihr seid wohlauf. Der erste Teil der Mission wäre geschafft. Ich bin zuversichtlich, dass auch der zweite Part gelingen wird.«

Silas stand schon bereit und ich gesellte mich zu ihm, denn ich wollte es endlich hinter mich bringen.

»Bis gleich!«, rief ich den anderen zu und nahm Silas an die Hand. Gemeinsam liefen wir durch den Eingang …

## 20. Kapitel

Ich machte mich darauf gefasst, dass etwas schiefgehen würde, jedoch waren meine Bedenken vollkommen unbegründet. Silas und ich landeten auf der anderen Seite des Eingangs ebenso reibungslos wie zuvor Mila, Cleopha und ich.

»So, und nun bin ich gespannt, wie dein Plan aussieht«, sagte Silas und sah mich herausfordernd an. Ich atmete tief durch und erzählte ihm von meiner Idee.

»Als dir der weiße Löwe deine Kräfte nahm, war alles, was dir blieb, deine übernatürliche Seele. Durch unseren Kräftetausch hast du neben deinen Kräften auch das *Vampirdasein* zurückerlangt. Ich biete dir an, dir Letzteres zu lassen. Was ich mir zurücknehme, sind ausschließlich die Zauberkräfte.«

»Ich bleibe ein Vampir und du wirst wieder zu einer Hexe«, sprach Silas leise mehr zu sich selbst als zu mir.

»Warum bin ich nicht selbst darauf gekommen?«, grübelte er. »Ich gebe zu, es wird eine gewaltige Umstellung werden, nicht mehr auf die besonderen Kräfte der primum maleficis zugreifen zu können, aber es ist immer noch besser als die Alternative – nämlich hier im Moor bis ans Ende aller Zeiten zu schmachten.«

»Du bist also damit einverstanden«, schlussfolgerte ich und er nickte.

*Weißt du, was nun zu tun ist?*, fragte die Stimme in meinem Kopf.

»Silas muss mit dem Zauber beginnen«, antwortete ich laut, was mir einen verwirrten Blick von Silas einbrachte.

»Die Stimme spricht gerade mit mir!«, zischte ich ihm erklärend zu.

*Das wäre durchaus eine Möglichkeit, aber möchtest du dich wirklich auf Silas verlassen? Du kannst es auch selbst in die Hand nehmen ...*, wisperte es weiter in meinen Gedanken.
»Wie?«, fragte ich und die Antwort folgte prompt.
*Berührt eure Handflächen. Durch die besondere Wirkung des ewigen Moores erlangst du automatisch wieder deine Fähigkeiten. Ohne einen gesprochenen Zauber. Achte nur darauf, Silas rechtzeitig wieder loszulassen und eure Verbindung abzubrechen, damit er ein Vampir bleibt.*
»Gut«, sagte ich und holte tief Luft.
»Kannst du mich bitte mal über deine Zwiegespräche aufklären?«, forderte Silas und sah mich mit hochgezogenen Augenbrauen an.

Nachdem ich ihn über den Ablauf informiert hatte, begannen wir mit der Kräfteübertragung. Silas trat einen Schritt näher an mich heran. Es war so weit. Gleich würde ich wieder eine vollwertige Hexe sein. Nervosität breitete sich in mir aus. Silas hingegen ließ sich keine Emotionen anmerken.
»Kann es losgehen?«, wollte er wissen. Zum Zeichen, dass ich bereit war, streckte ich meine Hände vor mir aus. Er tat es mir gleich. Unsere Handflächen berührten sich. Zunächst geschah nichts, was mich einen Augenblick lang stutzen ließ. Doch mir blieb nicht viel Zeit, mich zu wundern, denn bereits einen Wimpernschlag später umhüllte uns ein funkelndes Lichtermeer. Plötzlich sammelte sich die Funkenflut bei Silas. Sie verweilte eine Weile dort und begann schließlich zu mir zu wandern. Mein Herz pochte aufgeregt, als die gleißende Helligkeit näher kam. Als sie über meine Arme streifte, sog ich sie auf. In meinem Magen kribbelte es. Ich spürte, wie sich die Kräfte in meinem ganzen Körper explosionsartig verbreiteten und wieder ganz entfaltet wurden. Erleichtert atmete ich auf. Es funk-

tionierte! Lächelnd öffnete ich meine Augen und sah in das Gesicht von Silas. Staunend betrachtete er das Geschehen. Mir fiel auf, dass das Licht beinahe vollständig den Weg in meinen Körper gefunden hatte. Es war an der Zeit, die Verbindung zwischen uns zu trennen.

»Ich lasse dich jetzt los«, warnte ich Silas und ließ meine Hände sinken. Das Licht, das noch übrig war, verschwand in ihm.

Stille.

»Bist du noch ein Vampir?«, fragte ich leise. Einen Herzschlag später war Silas verschwunden. Im nächsten Moment tippte mich jemand von hinten an die Schulter. Mit angehaltenem Atem drehte ich mich langsam um.

»Natürlich bin ich noch ein Vampir!«

Silas. Obwohl eine Prise Wut in mir aufflammte, weil er mir durch seinen Test, ob er noch über seine alte Schnelligkeit verfügte, Angst einjagte, war doch die Freude größer. Tränen stiegen mir in die Augen.

»Wir haben es geschafft«, flüsterte ich leise. Und dann geschah etwas, was danach nie wieder vorkam. Silas, der meistgefürchtete Vampir der übernatürlichen Welt, umarmte mich und ich erwiderte seine Umarmung.

»Danke«, hauchte er mir ins Ohr.

»Ich habe dir gesagt, dass ich mein Versprechen halten werde«, sagte ich und ließ von ihm ab. Silas hatte wahrscheinlich bis zur Vollendung der Übertragung nicht geglaubt, dass es tatsächlich dazu kommen würde. Ich nahm es ihm nicht übel. Ella hatte Silas' blindes Vertrauen eines Kindes in seine Mutter derartig enttäuscht, dass er es niemandem mehr leichtfertig schenkte.

Bevor unser Schweigen in eine unangenehme Stille überging, schlug ich vor das ewige Moor ein für alle Mal zu verlassen. Wir gingen auf den Ausgang zu und waren bereit wieder in unser Leben zurückzukehren. Die letzten Meter rannten wir und setzten zum Sprung über die Schwelle an. Als sich unsere Füße in der Luft befanden, öffnete sich plötzlich ein düsterer Tunnel vor uns. Ein Luftstrudel sog uns ein und wirbelte uns im Kreis herum.

»Nein!«, schrie ich verzweifelt und versuchte mich an irgendetwas festzuhalten. Es gelang mir nicht. Ungläubig hielt ich nach Silas Ausschau. Der Sog hatte ihn bereits ein ganzes Stück vor mir hergeschleudert. War das die Nebenwirkung des Zaubers? Dass uns das Verlassen des ewigen Moores für immer verwehrt sein würde? Bevor die Panik endgültig von mir Besitz ergriff, wurden meine Lider schwer und meine Augen schlossen sich, ohne dass ich einen Einfluss darauf hatte ...

Als ich meine Augen wieder aufschlug, wusste ich nicht, wie viel Zeit unterdessen vergangen war, und zunächst auch nicht, wo ich mich befand. Ich richtete mich auf und blinzelte. Neben mir, auf einer von kleinen Kieseln bedeckten Stelle, lag Silas. Ich beugte mich zu ihm hinüber, rüttelte an ihm und rief seinen Namen. Es dauerte eine Weile, bis er sich regte.

»Gott sei Dank, du lebst«, entfuhr es mir.

»Vergiss nicht, wir sind Übernatürliche, Helena. So leicht sterben wir nicht«, erklärte er und rappelte sich hoch. Ich tat es ihm gleich und wir klopften uns die Steinchen von der Kleidung. Schließlich ließ ich meinen Blick schweifen und erkannte unseren Standort.

»Nicht schon wieder!«, rief ich ungläubig. Es war der Walchensee in seiner düstersten Form. Uns bot sich dasselbe Szenario wie auch schon beim letzten Mal. Jedoch mit einem Unterschied. Unzählige faszinierende geisterhafte

Wesen schwebten leuchtend über dem dunkelblauen See. Ich wich einen Schritt zurück.

»Du brauchst keine Angst zu haben. Die Geister sind nicht gefährlich«, versicherte mir Silas.

»Was weißt du über diese Wesen?«, hakte ich nach.

»Sie treten in Erscheinung, wenn jemand unerwartet aus dem Leben in der übernatürlichen Welt gerissen wird. Wenn die Seele verwirrt ist und nicht mehr in der übernatürlichen Welt existieren kann und auch nicht den Weg in die passive Sphäre findet, landet sie hier in dieser Zwischenwelt und ...«, erklärte er, doch ich unterbrach ihn aufgewühlt.

»Sind wir tot?«

»Nein, natürlich nicht! Wir waren vor kurzem schon einmal in der Zwischenwelt, erinnerst du dich nicht? Und wir sind auch lebendig wieder herausgekommen«, beruhigte er mich.

»Wie könnte ich das vergessen!«, rief ich aus und fragte: »Wieso waren denn die Geister beim letzten Mal nicht hier?«

»Sie waren hier. Wir konnten sie nur nicht sehen, weil sie für gewöhnlich unsichtbar sind. Mich wundert es auch, dass sie nun sichtbar sind«, bemerkte er grübelnd. Ich betrachtete die Wesen. Ich hatte wirklich noch nie von ihnen gehört.

»Woher weißt du das alles?«, fragte ich.

»Du vergisst immer wieder, wie alt ich bereits bin. Im Laufe der Jahrhunderte eignet man sich immer mehr Wissen an. Das wirst du auch noch feststellen ...«

Ehe er weitersprechen konnte, gesellte sich urplötzlich ein Geist zu uns. Ich riss die Augen auf, als ich erkannte, wer es war. Ella.

## 21. Kapitel

Schützend stellte sich Silas vor mich.
»Was willst du?«, fauchte er in Ellas Richtung und sie senkte reumütig den Blick.
»Dich um Vergebung bitten.«
Silas lachte gekünstelt auf.
»Dass ich nicht lache! Sag doch einfach direkt, was du willst! Hast du einen neuen widerwärtigen Plan ausgeheckt, für den du meine Hilfe brauchst?«
Nach alldem, was ich über Ella wusste, musste ich zugeben, dass es auch mir schwerfiel, an die Aufrichtigkeit ihrer Worte zu glauben.
»Woher kommt denn dein plötzlicher Sinneswandel?«, forschte ich kritisch nach, wodurch ich mir einen überraschten Blick von Silas einfing. Er war es nicht gewohnt, dass sich jemand auf *seine* Seite stellte. Ella holte Luft, um mir eine Antwort zu geben, doch Silas kam ihr zuvor.
»Die Frage kann ich dir beantworten, Helena. Ella möchte diesem Ort hier entfliehen. Sie denkt, wenn ihr all die Fehler, die sie begangen hat, verziehen werden, wird ihre Seele frei sein. Doch diese Bemühungen kann sie sich sparen! Die Seelen, die in der Zwischenwelt gefangen sind, finden ihren Weg nach draußen erst zu einem bestimmten vorgesehenen Zeitpunkt. Niemand kann das beeinflussen. Weder man selbst noch andere.«
»Aber wer legt dann diesen *bestimmten vorgesehenen Zeitpunkt* fest?«, hakte ich verwirrt nach.
»Das ist und bleibt ein Geheimnis der Zwischenwelt«, erwiderte er. Silas wusste mehr über die Zwischenwelt, als ich bisher vermutet hatte. Plötzlich fiel mir die Situation auf

dem Herzogstand ein. *Mit weit aufgerissenen Augen sah ich Silas an. Dieser schien ebenfalls leicht beunruhigt zu sein, aber gleichzeitig musterte er die mir vertraute Umgebung interessiert. Anders als bei dem Verlassen des ewigen Moors war er mir regelrecht entspannt vorgekommen, als wir an den Walchensee gelangt waren, als wäre er nicht zum ersten Mal dort. Vielleicht hatte ich mich aber auch getäuscht ...*

»Was weißt du über diese Zwischenwelt? Warst du auch schon vor unserem gemeinsamen Aufenthalt dort? Und warum ist sie ausgerechnet am Walchensee angesiedelt?«, fragte ich.

»Eine Frage beantworte ich dir: Ja, ich war auch schon vor unserem gemeinsamen Aufenthalt dort. Alles andere wirst auch du herausfinden, wenn die Zeit dafür gekommen ist.«

Ich zog die Brauen zusammen und war alles andere als zufrieden mit der Antwort. Doch wie ich Silas kannte, war es zwecklos, weiter nachzuforschen. Seine Antwort war endgültig und ich würde ihn nicht dazu bringen können, seine Meinung zu ändern.

»Mich lässt die Tatsache nicht los, dass die Geister für uns sichtbar sind«, sagte Silas und wirkte sichtlich angespannt, als er seinen Blick über den Walchensee schweifen ließ.

»Ich kann dir sagen, warum das so ist«, meinte Ella zaghaft. Silas wandte ihr seine Aufmerksamkeit zu.

»Ach ja?«

»Es ist euretwegen.«

»Was?!«, riefen wir beide wie aus einem Munde. Wir sollten schuld sein, dass die Geister sichtbar waren?

»Wie denn das?«, wollte ich wissen, als ich meine Sprache wiedergefunden hatte. Ellas beinahe transparente Erscheinung schwebte wissend vor uns auf und ab.

»Ihr habt das Gleichgewicht der übernatürlichen Welt und der Menschenwelt durcheinandergebracht«, verkündete sie.

»Und wie sollen wir das gemacht haben?«, fragte ich und konnte mir nicht im Geringsten vorstellen, was der Auslöser für solch eine Katastrophe gewesen sein sollte.

»Durch eure Zauberei außerhalb des Waldes. Dachtet ihr, dass dieser Regelverstoß ohne Konsequenzen bleibt?«

»Aber es war doch nur ein Mal ...«, begann ich, doch dann brach ich mitten im Satz ab. Kalter Schweiß trat mir auf die Stirn und Gänsehaut lief mir über den Rücken, denn mir fiel ein, dass wir weit öfter außerhalb des Waldes gezaubert hatten. Alles fing damit an, dass ich zu Hause bei meiner Familie die Zeit um fünf Minuten zurückhexte. Silas hexte zweimal auf dem Herzogstand, um uns den Menschen wieder zu entrücken, und er brachte uns mit Magie zurück nach Italien. Je länger ich darüber nachdachte, umso mehr vollzogene Zaubereien stiegen wieder in meiner Erinnerung auf. Als Silas und ich zum ersten Mal am Walchensee landeten, zauberte er uns ein Lagerfeuer, wir reisten durch angewandte Magie in die Vergangenheit und wieder zurück ...

»Oje! Wir haben wirklich verdammt oft außerhalb des Waldes gezaubert!«, entfuhr es mir.

»Und ich schätze mal, es wird nicht das letzte Mal gewesen sein, denn ich möchte ungern für alle Zeit hier festsitzen. Um wieder zurück in die übernatürliche Welt zu kommen, braucht es mindestens noch einen Hexenspruch«, fügte ich verzweifelt hinzu.

»Auf den einen wird es nun auch nicht mehr ankommen«, merkte Silas trocken an und ich warf ihm einen finsteren Blick zu.

»Sagt das jemand, der sich – ich zitiere – sein Wissen über Jahrhunderte hinweg angeeignet hat?«

»Haha«, entgegnete er grimmig, aber ich sah an seinen Mundwinkeln, dass sich für den Bruchteil einer Sekunde ein Lächeln abzeichnete.

»Ich muss gestehen, dass ich mir nie drüber Gedanken gemacht habe, was ein Zauber außerhalb des Waldes bewirken könnte. Entsprechend bin ich nicht ausreichend über die Folgen informiert«, gab er zu.

»Na toll! Jetzt, wo dein gesammeltes Wissen relevant wäre«, erwiderte ich mit verschränkten Armen. Silas setzte erneut zu einer Antwort an, doch ich winkte ab.

»So kommen wir nicht weiter, Silas.« Ich wandte mich an seine Mutter. »Ella, einen Zauber müssen wir definitiv noch anwenden, weil wir, wie Silas bereits sagte, wieder zurück nach Italien wollen. Weißt du, ob er großen Schaden anrichten würde? Und weißt du vor allem, wie wir das Gleichgewicht wiederherstellen können?«

Zunächst beruhigte mich Ella, dass dieser *einzige* Zauber, sofern er beim ersten Mal gelingen würde, die Lage nicht übermäßig verschlechtern könnte.

»Das mit dem Gleichgewicht ...«, begann sie und warf ihrem Sohn einen zögerlichen Blick zu. Misstrauisch kniff ich die Brauen zusammen. Was war hier los? Warum sprach sie nicht weiter?

»Was ist?«, fragte ich und klang eine Spur gereizt. Seit Beginn unserer erneuten Reise zum ewigen Moor war ich angespannt. Entsprechend dünn war mein Geduldsfaden, als ich von den beiden keine Antwort erhielt.

»Traust du dich nicht weiterzusprechen, Ella? Hast du Angst, zu viel zu verraten? Wenn es so ist ...«, äußerte ich meine Vermutung und deutete mit dem Finger auf Silas, »... bitte ich *dich*, mir einmal von Anfang an die Wahrheit zu sagen!«

Silas verschränkte seufzend die Arme vor seinem Körper und ließ sich auf einem Baumstamm nieder.

»Helena, ich habe dir vorhin nicht ohne Grund gesagt, dass du bestimmte Dinge erst erfährst, wenn die Zeit dafür gekommen ist. Die Zwischenwelt ist kein Kinderspielplatz. Nicht jeder kann sich in ihr aufhalten. Und jeder, der das darf, weiß auch nur so viel über diese Sphäre, wie *Es* ihn wissen lässt.«

»Kannst du mir das ein bisschen verständlicher erklären?«, hakte ich verzweifelt nach. Ich merkte, wie Silas mit sich rang, schließlich entschloss er sich zu einigen erklärenden Worten.

»An diesen Ort hier gelangen nur zwei *Sorten* von Übernatürlichen. Zum einen solche wie Ella, deren Seele unerwartet aus dem Leben gerissen wurde, und zum anderen Auserwählte, denen es erlaubt ist, sich in der Zwischenwelt aufzuhalten. Mir wurde es vor einigen Jahren gestattet und ich habe für eine gewisse Zeit eine wichtige Aufgabe übernommen. Dazu möchte ich dir aber nicht mehr sagen, jedenfalls nicht jetzt.«

Ich akzeptierte es, zumindest vorerst, und stellte die nächste Frage, die mir auf den Lippen brannte.

»Kannst du mir sagen, wer oder was *Es* ist?«

»*Es* ist das, was das Gleichgewicht der Menschenwelt und der übernatürlichen Welt aufrechterhält. Stell ab jetzt bitte keine Fragen mehr über *Es*. Du …«

»Ja, ich habe verstanden. Ich werde es herausfinden, wenn die Zeit dafür gekommen ist«, beendete ich an seiner Stelle den Satz. Es fiel mir schwer, nicht weiter nachzuforschen, denn es interessierte mich brennend, was *Es* war, und überhaupt alles, was mit der Zwischenwelt zusammenhing. Doch bevor ich einen Streit mit Silas riskierte, lenkte ich das Thema lieber wieder auf unser ursprüngliches Problem.

»Wie können wir also das Gleichgewicht wiederherstellen?«

»Diese Aufgabe dürfte sich als äußerst schwierig erweisen, wenn nicht gar als unlösbar«, mischte sich Ella wieder ins Gespräch. Sie schwebte näher an mich heran und sprach leiser.

»Deine Hexerei außerhalb des Waldes hat die größten Auswirkungen gehabt. Du hast die komplette menschliche Zeitzone um fünf Minuten zurückgehext. Das war ein mächtiger Zauber. Er hat die nachfolgenden Schwankungen ausgelöst und das Ungleichgewicht besteht bis zum heutigen Tag. Die Folgen der im Vergleich weniger kraftaufwändigen Zaubereien von Silas hätten sich vermutlich im Laufe der Zeit wieder von selbst eingependelt, wenn die verschiedenen Zauber nicht so rasch aufeinander gefolgt wären und deiner gar nicht erst stattgefunden hätte.«

Ich schluckte fassungslos, als ich hörte, was meine Hexerei ausgelöst hatte. Niemals hätte ich an dem besagten Tag geahnt, als ich vor Schreck den Zeitverschiebungsspruch aufgesagt hatte, was das für Konsequenzen für uns alle haben würde. Doch hätte das Wissen darum wirklich etwas für mich geändert? Ich dachte damals, die polnische Pflegekraft Aleksandra unseres Nachbarn wäre tot. Ich wollte ihr mit meiner Magie wieder Leben einhauchen. Hätte ich sie einfach hilflos liegen lassen? Wahrscheinlich nicht …

Silas stand vom Baumstumpf auf und trat zu mir.

»Die angerichteten Schäden sind nicht irreparabel, Helena«, erklärte er tröstend, »doch wie Ella bereits sagte, ist es äußerst schwierig, das Gleichgewicht wiederherzustellen, denn wir entscheiden nicht, *wann* es sein wird. *Es* entscheidet es. *Es* wird dich und vielleicht auch mich holen, wenn *Es* will. Was wir tun können, ist, dafür zu sorgen, dass in der Zwischenzeit nicht noch mehr verbotene Dinge inner- und außerhalb des Waldes geschehen.«

Ich nickte und musste die Informationen erst einmal verarbeiten. Am meisten beschäftigte mich *Es*. Wussten alle übernatürlichen Wesen von dessen Existenz? Was war *Es*?

*Ich bin Es*, wisperte die Stimme in meinem Kopf und ich riss erschrocken meine Augen auf.

## 22. Kapitel

Ich schauderte. *Es* war in meinem Kopf. Ich versuchte meine aufflammende Panik im Zaum zu halten und mich auf die Stimme zu konzentrieren, solange sie da war. Jedoch konnte ich vor lauter Furcht meine Gedanken, die in meinem Kopf kreisen, kaum zur Ruhe bringen.

»Sie ist total erstarrt«, hörte ich Ella aus der Ferne sagen und Silas begann mich zu schütteln.

»Silas, was machst du da? Hör auf damit«, mahnte ich und blinzelte mehrmals. Erleichtert ließ er von mir ab.

»Du warst für mindestens eine Minute wie versteinert und nicht mehr ansprechbar, ich dachte, es ist etwas passiert ...«

»Wirklich?«, fragte ich und meine Stimme klang zittrig.

»Davon habe ich nichts bemerkt. Mir ist nur aufgefallen, dass Ellas Stimme wie aus weiter Entfernung zu mir drang.«

»Was war los?«, hakte Silas nach, als er bemerkte, dass ich verwirrt zu sein schien.

»Die Stimme hat wieder mit mir gesprochen. Sie hat mir verraten, dass sie *Es* ist«, platzte es aus mir heraus. Falls Silas über diese Tatsache überrascht war, konnte er es gut verbergen.

»Interessant. *Es* hat noch nie auf diese Weise mit jemandem Kontakt aufgenommen«, stellte er trocken fest.

»Ist das jetzt ein gutes oder ein schlechtes Zeichen?«, wollte ich wissen und Silas zuckte mit den Achseln.

»Die Frage kann dir wahrscheinlich nur *Es* beantworten. Versuche dich zu konzentrieren, um die Stimme wieder zu hören«, riet er mir. Obwohl ich mir nicht sicher war, ob ich *Es* trauen konnte oder nicht, gab ich mein Bestes, um die Stimme erneut wahrzunehmen, denn ich musste wissen, wie ich helfen konnte, das Gleichgewicht wiederherzustellen.

*Es, bist du noch hier?*, fragte ich in meinen Gedanken. Zunächst blieb es still, doch dann hörte ich wieder das vertraute Wispern.

*Ich spüre, dass du Angst vor mir hast. Das war vorher nicht der Fall. Kann ich etwas tun, damit sich deine Furcht legt?*

Ich überlegte. *Es* hatte recht. Vorher hatte ich keine Furcht empfunden. Als ich zum ersten Mal die Stimme hörte, erschrak ich wahnsinnig, aber im Nachhinein redete ich mir ein, dass es nur Einbildung war. Bei den nächsten Malen hielt ich mich nach wie vor für verrückt und während der Zeit mit Silas im Moor war ich fast dankbar, etwas Bekanntes zu hören. Was hatte sich verändert? Möglicherweise war es die Auskunft von Silas, dass keine Nullachtfünfzehn-Fee zu Derartigem in der Lage war, sondern sich etwas viel Mächtigeres dahinter verbergen musste. Mir wurde erst bewusst, wie groß diese Macht sein musste, als ich erfuhr, dass *Es* alle Fäden im Hintergrund zog. *Es* bestimmte, wann die verlorenen Seelen vom Walchensee ihren letzten Weg fortsetzen konnten, und *Es* steuerte das Gleichgewicht der Menschenwelt und der übernatürlichen Welt. Nur Auserwählte schienen von der Existenz von *Es* zu wissen, denn ich hatte zuvor noch nie von *Es* gehört. Doch *Es* schien aus unerfindlichen Gründen zu wollen, dass ich ihm gegenüber keine Angst empfand. Ich entschied mich, *Es* ein paar Fragen zu stellen ...

*Hast du auch einen richtigen Namen?*

*Einst nannte man mich Rubina. Doch seit vielen Jahrhunderten werde ich nur noch Es genannt*, antwortete die Stimme mir bereitwillig.

*Also bist du ein Mädchen? Warum nennt dich niemand mehr bei deinem eigentlichen Namen?*, hakte ich nach und Rubina bestätigte mir, dass sie zum weiblichen Geschlecht gehörte.

*Ich habe vor sehr langer Zeit eine Aufgabe übernommen und seitdem ... wie soll ich sagen ... passt dieser Name nicht mehr zu mir*, fügte sie kichernd hinzu. Rubina erzählte mir noch, dass sie annahm, dass man ihren wahren Namen mit der Zeit wahrscheinlich auch einfach vergessen hatte.

*Darf ich dich Rubina nennen?*, fragte ich und war erleichtert, als sie nichts dagegen einzuwenden hatte. *Es* klang irgendwie gruselig. Rubina hingegen hörte sich um einiges harmloser an. Wie dem auch sei. Dass ich sie mit ihrem Namen ansprechen durfte, reduzierte sie nicht mehr zu einer bloßen Stimme. Zwar hatte ich noch immer keine Vorstellung von ihrer äußeren Gestalt, jedoch verringerte sich ein Stück weit die Distanz.

*Silas hat mir erzählt, dass du entscheidest, wann die Geister ihre Reise fortsetzen dürfen. Ist das hier auch dein Aufenthaltsort?*, fragte ich und ließ meinen Blick über den ruhig daliegenden dunkelblauen See und die eindrucksvollen Berge schweifen.

*Ja, ich weile hier an diesem Ort*, antwortete sie.

*Warum hältst du dich ausgerechnet am Walchensee auf?*, forschte ich nach.

*Das ist eine längere Geschichte, darüber könnte ein ganzes Buch geschrieben werden. Die Kurzfassung ist, dass es sich hier um einen sicheren Ort handelt. Erinnerst du dich noch an den Moment, als Silas euch vor den Eingang des ewigen Moors zurückhexte? Und weißt du noch, wie Cleopha, deine Feder, berichtete, dass zwischen eurem plötzlichen Verschwinden und ebensolchen Wiederauftauchen kaum Zeit verging? Das liegt daran, dass die Zwischenwelt hier zeitlos ist. Ich bin in dieser besonderen Zeitzone versteckt, um geschützt zu sein.*

Ich hörte ihr aufmerksam zu. Die wenigen Sätze Rubinas reichten aus, um mich neugierig auf ihre Geschichte zu machen, vor allem weil sie mit meiner geliebten Heimat zu tun hatte. Zögerlich erkundigte ich mich, warum sie versteckt sein musste.

*Niemand darf mich finden, damit ich nicht zerstört werden kann. Wenn es mich nicht mehr gibt, werden die Schranken zwischen den Übernatürlichen und den Menschen fallen. Die Folgen wären unvorstellbar ...*

Mein Herz pochte, als ich ihr daraufhin die alles entscheidende Frage stellte.

*Zerstört es dich auch, wenn das Gleichgewicht nicht mehr hergestellt werden kann?*

*Ja.*

»Dein Herz schlägt doppelt so schnell wie sonst«, stellte Silas fest. Ich hatte Ella und ihn in der Aufregung beinahe vergessen!

»Was bewegt dich?«, bedrängte er mich, als ich nicht gleich reagierte. Ich setzte mich auf den nahen Baumstamm und berichtete von Rubinas letzten Worten.

»Es wird einen Weg geben, um alles wieder ins Lot zu bringen«, meinte Ella, als ich mit meinem Bericht fertig war.

»Ich stimme Ella ungern zu, aber *Es* ... Ich meine, Rubina ...«, korrigierte sich Silas, »... ist stark und du bist auch eine mächtige Hexe. Es wird uns gelingen, die Schwankungen wieder auszugleichen«, fügte er hinzu, doch irgendwie beschlich mich das Gefühl, dass es nicht so einfach werden würde ...

## 23. Kapitel

Ein lautes Krächzen riss mich aus meinen Gedanken. Ich sah zum Himmel und erblickte etwa ein Dutzend pechschwarzer Raben. Erschrocken suchte ich unwillkürlich Silas' Nähe.

»Wo kommen die Raben plötzlich her?«, fragte ich und war mir sicher, dass es sich um dieselben handelte, denen ich in der Vergangenheit bereits begegnet war.

»Kennst du die Raben?«, erkundigte sich Silas überrascht. Ich nickte und erzählte ihm von meinen Erlebnissen.

»Du wirst den Raben nie in bevölkerten Teilen der übernatürlichen Welt begegnen. Sie sind Wesen, die an mystischen Plätzen wie dem ewigen Moor auftauchen oder den Weg zu jemandem durch Träume suchen«, erklärte er.

»Langsam kommt es mir vor, als wärst du ein wandelndes Lexikon«, merkte ich an, als er mir, ohne zu überlegen, sagen konnte, was es mit den Raben auf sich hatte. Da Silas gerade in Plauderlaune war, hakte ich direkt nach, ob er auch wusste, warum sie mich heimsuchten.

»Weil es etwas gibt, das sie besonders macht«, sagte er und machte eine bedeutungsvolle Pause.

»Sie sind Rubinas Boten. Laut deinen Erzählungen hast du die Stimme zum ersten Mal während deines Aufenthalts im Hotel gehört. Der Albtraum von deiner Großmutter, in dem die Raben vorkamen, hat dich ebenfalls im Hotel heimgesucht. Zu beiden Wahrnehmungen kam es außerhalb des Waldes. Ich vermute, Rubina wollte bereits damals jeweils Kontakt zu dir aufnehmen und dein Leben im Auge behalten. Und bevor du gleich fragst, *warum* sie das wollte: Weil du eine Nachfahrin Evolets und deshalb sehr wertvoll bist.«

»Rubinas Boten ...«, murmelte ich leise vor mich hin. Ich erfuhr noch, dass Rubina selbst an einem bestimmten und geheimen Standort verwurzelt war. Dass sie ihre *Augen* trotzdem überall haben konnte, lag an ihren Raben. Die Raben konnten in sichtbarer oder in unsichtbarer Form erscheinen. Je nachdem, wie sie es wünschte. Zum einen war ich froh, dass ich nun wusste, was es mit den Raben auf sich hatte, zum anderen wusste ich nicht, wie mir die Vorstellung behagen sollte, von Rubina und ihren Raben beobachtet worden zu sein. Sogleich wisperte sie in meinem Kopf.

*Helena, du hast viele neue Informationen und Eindrücke zu verarbeiten. Ich denke, es wird Zeit, dass du wieder nach Italien zurückkehrst.*

»Was?«, fragte ich laut. Zum einen war ich mir nicht sicher, ob ich so mir nichts, dir nichts diese Zwischenwelt verlassen konnte, und zum anderen gab es da noch die Sache mit dem zerstörten Gleichgewicht.

*Für den Augenblick kannst du hier nichts tun, Helena. Zunächst werde ich versuchen ohne dein Einwirken das Gleichgewicht wiederherzustellen. Sollte mir dies nicht gelingen, werde ich dich zu mir rufen*, erwiderte Rubina. Ich wusste, dass mir nichts anderes übrig blieb, als diese Antwort zu akzeptieren, obwohl es mir alles andere als leichtfiel. Mir wäre es lieber gewesen, wenn wir die neue Mission direkt in Angriff genommen hätten. Doch ich durfte auch nicht vergessen, dass meine Unterstützung möglicherweise nie gebraucht werden würde ...

»Was hat sie gesagt?«, fragte Silas, der unsere Zwiesprache bemerkt hatte.

»Im Prinzip das Gleiche wie du vorhin. Wir können, zumindest heute, nichts mehr ausrichten und nun gehen«, antwortete ich. Wir beschlossen es auch gleich zu versuchen.

»Verrätst du mir den Spruch, den du verwendet hast, als du uns von hier fortgezaubert hast?«, fragte ich Silas.

*Das wird nicht nötig sein,* meinte Rubina. *Nicht das ewige Moor hat euch dieses Mal am Verlassen gehindert, sondern ich war es.*

»Warum?«, fragte ich überrascht und Silas blickte mich verwirrt an. Ich gab ihm zu verstehen, dass nicht er gemeint war.

*Ich wollte, dass Silas die Möglichkeit findet, sich von Ella zu verabschieden. Die beiden haben nie richtig Abschied voneinander genommen. Das ist ihre letzte Chance. Ich weiß, was Silas von seiner Mutter hält, trotzdem brauchen beide diese Annäherung, um ihren Frieden zu finden. Kannst du da ein wenig nachhelfen?*

Ich versicherte Rubina, dass ich mein Bestes geben würde, und sie wiederum versprach mir, dass sie danach unverzüglich den Rückweg freigeben würde.

»Ella, es wird Zeit, dass wir uns verabschieden«, begann ich und kaum hatte ich es ausgesprochen, distanzierte sich Silas von Ella, indem er einige Schritte von ihr wegging. Verletzt senkte sie den Blick. Das ging ja gut los!

»Silas!«, rief ich und eilte ihm nach. Als ich ihn erreichte, packte ich ihn am Ärmel.

»Wo gehst du hin? Bitte verabschiede dich von Ella.«

»Wozu?«, meinte Silas finster und ich versuchte mit Engelszungen auf ihn einzureden.

»Weil du nie wieder die Gelegenheit dazu haben wirst, Silas. Ich werde auch nie vergessen, was sie getan hat, aber ich verzeihe ihr. Sie hat Fehler gemacht, schlimme Fehler, aber nun hat sie ihre Strafe bekommen. Schau sie dir an.

Sie ist ein Geist, eine verlorene Seele. Ella wird nie wieder in die übernatürliche Welt zurückkehren. Wenn du jetzt weggehst, ohne dich auch nur ein einziges Mal nach ihr umzudrehen, wirst du das nie wieder ändern können.«

Silas rang nachdenklich seine Hände. Es war nicht einfach für ihn, eine Entscheidung zu treffen. Auf der einen Seite waren da sein eigener Stolz sowie die Loyalität zu Ghidora und auf der anderen das verborgene Bedürfnis, ein Pflaster des Trostes auf sein verletztes Herz zu kleben.

Ich ließ Silas eine Weile Zeit und gab ihm schließlich einen sanften Schubs.

»Geh zu ihr«, munterte ich ihn leise auf. Ich tat es nicht nur, um diesem Ort entfliehen zu können. Ich tat es, um Silas zu helfen. Ich weiß, dass es niemals jemand verstehen wird, aber er war so etwas wie ein Freund geworden und ich wollte, dass er dieses dunkle Kapitel seines Lebens abschließen konnte.

Obwohl er sichtlich mit sich haderte, machte er kehrt und ging langsam auf Ella zu. Ich hatte das Gefühl, dass er ihr zum ersten Mal richtig in die Augen schaute. Sie sah ihn ebenfalls aufrichtig an. Trotz allem, was war, liebte sie ihren Sohn. Einen Moment lang standen sie sich schweigend gegenüber. Ich glaube, es gibt Situationen im Leben, da braucht es keine Worte. Zögerlich kamen sie sich näher und umarmten sich schließlich. Der anmutige Vampir und der zierliche Geist. Ein Funken Vergebung prallte auf tief sitzenden Groll. Unwillkürlich schossen mir Tränen in die Augen. Hastig wischte ich sie weg.

## 24. Kapitel

Nachdem sich die beiden voneinander gelöst hatten, sah Ella zu ihrem Sohn auf.

»Du hast noch die Möglichkeit, an deinem Leben etwas zu verändern«, sagte sie eindringlich. »Mach nicht die gleichen Fehler wie ich. Ich war besessen davon, an mehr Macht zu gelangen. Mir war kein Opfer zu groß. Selbst dich, meinen Sohn, gab ich dafür preis. Aber ich habe dich geliebt. Du warst mein Ein und Alles. Und trotzdem, als es um die Beschaffung deines magischen Blutes ging, habe ich nur noch mich selbst gesehen und das mir Wichtigste aufs Spiel gesetzt. Und was hatte ich letztendlich davon? Unendliche Einsamkeit. Deshalb rate ich dir, die guten Dinge zu bewahren. Wie die Freundschaft zu Helena. Unsereins wird immer mit seiner dunklen Seite leben müssen, aber es schadet nicht, wenn sie hin und wieder erhellt wird.«

Silas nahm ihre Worte zur Kenntnis, erwiderte jedoch nichts, sondern starrte sie einfach nur an. Es war ihm bestimmt nicht leichtgefallen, diesen Schritt auf Ella zuzugehen, aber ich schloss mich Rubinas Meinung an: Es war für beide wichtig, um ihren Frieden zu finden. Nach meiner Ansicht waren sich die zwei in einem Punkt sehr ähnlich. Nie könnten sie Fehler zugeben und offen bereuen. Silas zum Beispiel würde sich nie für den Verrat an Mila und Lorenzo entschuldigen, auch wenn er es tief im Inneren tatsächlich bedauern würde. Ella hingegen konnte nie offen sagen, dass ihr das Blutexperiment leidtat, sondern sie redete mehr oder weniger um das Wesentliche herum. Ich muss zugeben, dass ich anfangs an ihrer Reue zweifelte, jedoch bin ich mittlerweile der festen Überzeugung, dass ihr Tod sie wachgerüttelt hat.

Wie aus dem Nichts kreiste erneut ein Schwarm Raben über unseren Köpfen.

*Danke, Helena,* wisperte Rubina in meinem Kopf.

*Ihr könnt nun gehen. Vielleicht hören wir eines Tages wieder voneinander. Bis dahin wünsche ich dir eine magische Zeit in der übernatürlichen Welt ...*

Ich richtete meinen Blick zum Himmel. Die Raben waren verschwunden. Stattdessen öffnete sich unmittelbar vor uns ein düsterer Tunnel. Das war unser Weg zurück. Rubina hatte ihr Wort gehalten.

»Mach's gut, Rubina«, flüsterte ich leise und wandte mich an Silas.

»Es wird Zeit, dass wir diesen Ort hier verlassen. Bist du bereit?«

»Ja, das bin ich«, entgegnete er und nahm meine Hand. Gemeinsam schritten wir auf den Tunnel zu. Eine sanfte Brise streifte uns, ein Zeichen dafür, dass der Luftstrudel uns jeden Moment einsaugen konnte. Gemeinsam drehten wir uns ein letztes Mal zu Ella um. Sie hob die Hand und wir erwiderten ihren Abschiedsgruß.

»Gute Reise, Ella«, sagte ich leise, ehe uns der Luftsog in den Tunnel zog und durch die Finsternis schleuderte.

Unsanft landeten wir auf dem Boden unmittelbar *vor* dem Eingang zum ewigen Moor.

»Das ging ja schnell«, kommentierte Mila unser Erscheinen. Für sie war kaum Zeit vergangen. Ich entschied mich, ihr und den anderen erst später von dem unerwarteten Zwischenstopp zu berichten. Fürs Erste fiel mir einfach nur ein Stein vom Herzen, dass Silas und ich unversehrt aus der Zwischenwelt zurückgekommen waren.

»Hat alles geklappt?«, wollte Lorenzo aufgeregt wissen. Er reichte mir die Hand und half mir auf die Beine. Ich klopfte mir den Dreck von der Hose und begann einen Zauber in meinem Kopf zu formen.

»Das werden wir gleich sehen«, sagte ich ebenso gespannt. Wenige Augenblicke später hielt ich meinen Besen in der Hand. Ich schwang mich auf ihn, murmelte erneut ein paar Worte und hob sanft vom Boden ab. Je höher ich stieg, desto glücklicher wurde ich. Es hat alles funktioniert. Ich kann fliegen. Ich bin wieder eine Hexe! Ich kreiste über meinen Freunden, die strahlend zu mir hochblickten.

»Na los. Auf was wartet ihr? Hebt ab! Wir fliegen gemeinsam zurück!«, rief ich ihnen zu. Lorenzo ließ sich das nicht zweimal sagen. In Sekundenschnelle verwandelte er sich in einen Drachen und stieg zu mir auf in die Lüfte. Auch Cleopha und Mila schlossen sich ihm an.

»Wartet, was ist mit Silas?«, fragte ich und erntete rollende Augen.

»Auch wenn ihn keiner mag, wir können ihn nicht einfach so hier stehen lassen«, sagte ich tadelnd, senkte meinen Besen und lenkte ihn zu Silas.

»Ich nehme dich mit«, bot ich ihm an, als ich neben ihm landete und abstieg. Doch er lehnte dankend ab.

»Ich glaube, das ist keine gute Idee. Lorenzo, Mila und Cleopha wären sicher nicht erfreut darüber, und es ist auch nicht meine Traumvorstellung, gemeinsam mit ihnen dem Abendrot entgegenzufliegen. Ich nutze lieber meine vampirische Geschwindigkeit, um nach Hause zu gelangen.«

»Das verstehe ich. Komm gut nach Hause, Silas«, sagte ich und wollte mich wieder auf meinen Besen setzen, doch er hielt mich an meiner Schulter zurück.

»Warte, Helena.«
»Was ist los?«, fragte ich überrascht.
Er blickte mir ernst in die Augen.
»Danke, Helena. Danke für alles.«
Ich nickte ihm lächelnd zu und flog zu meinen Freunden, die mich bereits erwarteten.

## 25. Kapitel

Zwei Tage später trafen wir uns ausgeruht zum Abendessen auf der Dachterrasse des Schlosses. Ich hexte allerlei Köstlichkeiten herbei und eine stimmige Dekoration. Wir aßen, tranken und hatten eine Menge Spaß. Für zusätzliche Heiterkeit sorgte, als sich Cleopha ihren nun wieder schneeweißen Flaum mit Tomatensoße bekleckerte.

»Oh nein!«, rief sie und riss ihre winzigen Äuglein auf.

»Kaum bin ich dieses komische Violett los, kommt die nächste Farbe an die Reihe!«

»Das bekommen wir gleich wieder hin«, beruhigte ich sie lachend und ein Fingerschnipsen später leuchtete meine Feder blütenweiß wie vorher. Sie bedankte sich und naschte nun äußerst vorsichtig von ihren Nudeln.

Als später der Mond bereits weit oben am Himmel stand, entschied ich, dass es nun an der Zeit war, Lorenzo, Mila und Cleopha davon zu berichten, was ich an Einschneidendem erfahren und erlebt hatte. Nämlich, dass das Gleichgewicht der Welten durcheinandergeraten war und dass dies hauptsächlich meinem Zeitzauber zuzuschreiben war. Ich erzählte ihnen auch von Rubina, von deren Existenz die drei bislang nichts wussten.

»Und diese Rubina zieht quasi im Hintergrund die Fäden beim Gang der Welt?«, wollte Cleopha wissen und ich nickte.

»So kann man es durchaus bezeichnen und sie ist praktisch auch die Waage, die die Menschenwelt und die übernatürliche Welt im Gleichgewicht hält. Sie lebt versteckt in einer Zwischenwelt am Walchensee. Das Dumme ist nur, dass ich, zumindest momentan, nichts tun kann, um den alten Zustand wiederherzustellen, außer abwarten, ob sich alles wieder von alleine einrenkt.«

»Warte mal«, stoppte mich Lorenzo.

»Vielleicht können wir doch etwas tun. Wir könnten nachsehen, ob sich die Unruhe unter den Menschen nach dem plötzlichen Auftauchen von Silas und dir auf dem Herzogstand wieder gelegt hat. Wenn der Zwischenfall in Vergessenheit geraten ist, wirkt sich das bestimmt positiv auf das Gleichgewicht aus.«

»Du hast recht«, stimmte ich ihm zu und warf einen Blick auf die Uhr.

»Am liebsten würde ich gleich mit einem Visionszauber aufbrechen, um mich davon zu überzeugen. Aber es ist schon beinahe Mitternacht. Meine Familie würde sich zu Tode erschrecken, wenn wir jetzt aufkreuzten.«

»Ja, vertagen wir unseren Besuch auf morgen. Du solltest dich auch noch etwas von den Anstrengungen der letzten Tage ausruhen«, pflichtete Lorenzo mir bei.

»Darf ich auch mitkommen?«, bat Mila.

»Natürlich«, sagte ich.

»Meine Familie freut sich bestimmt sehr dich wiederzusehen. Cleopha, möchtest du uns auch begleiten?«

Die Feder nickte eifrig.

Am nächsten Tag machten wir uns zur Mittagszeit mittels Visionszauber auf den Weg in mein Dorf. Ein herrlicher Duft wehte mir entgegen, als wir buchstäblich in der Küche landeten. Der Geruch von Schweinsbraten mit Kartoffelknödeln.

»Oh, lecker!«, entfuhr es mir, während mir das Wasser im Munde zusammenlief, und ich vergaß dabei, dass ich mich nicht vorher angekündigt hatte. Mein Papa, der gerade die

Soße umrührte, wirbelte erschrocken herum. Ungünstig daran war, dass er den Kochlöffel in den Händen hielt und die Soße kreuz und quer durch die Küche spritzte. Meine Mama, die in diesem Augenblick einen Knödel formte, ließ ihn platschend auf den Boden fallen.

»Ups«, sagte ich und hielt mir die Hand vor den Mund.

»Helena!«, schimpfte sie.

»Den ganzen Tag lang hast du irgendeinen Hokuspokus im Kopf! Da könntest du dir langsam mal einfallen lassen, wie du deine Besuche vorher ankündigen kannst!«

»Entschuldigung«, murmelte ich geknickt und versuchte einen (meist erfolgreichen) Welpenblick aufzusetzen. Zumindest bei meinem Papa erfüllte er seinen Zweck.

»Barbara, jetzt reg dich doch nicht so auf«, meinte er beschwichtigend und wandte sich an uns vier Übernatürliche.

»Ich freue mich, dass ihr hier seid! Wollt ihr zum Essen bleiben? Wir haben genug für alle ...«, bot er an und stutzte plötzlich.

»Falls du überhaupt Appetit darauf hast, Lorenzo.«

»Worauf?«, fragte dieser verwundert.

»Den Schweinebraten. Ich meine, deine Ernährung ... du trinkst doch wahrscheinlich nur Blut und ...«

Ich verstand die Anspielung und unterbrach meinen Papa lachend.

»Es ist nicht so wie in den Filmen, dass sich Vampire ausschließlich von Blut ernähren. Lorenzo kann auch gewöhnliche Nahrung zu sich nehmen.«

»Ach so. Und du, Cleopha? Isst oder trinkst du überhaupt irgendetwas?«, erkundigte er sich.

»Ja«, sagte sie lächelnd.

»Ich frag mich zwar, wo sie das in ihrem zierlichen Körper hinsteckt, aber auch sie kann ganz normale Nahrung zu

sich nehmen. Und bevor du fragst: Ja, auch Mila kann's«, fügte ich hinzu.
»Dann seid ihr alle vier herzlich eingeladen!«

Als alles angerichtet war, stießen noch meine Geschwister und mein Opa, die gerade unsere Tiere gefüttert hatten, zu unserer netten Runde. Beim Essen erkundigte ich mich schließlich nach dem Stand der Dinge in Bezug auf die Aufregung, die Silas und ich mit unserem Auftauchen auf dem Herzogstand in der Menschenwelt ausgelöst hatten.
»Ist unsere Stippvisite nach wie vor ein brandaktuelles Thema in der Presse?«
Meine Mama nahm sich einen neuen Knödel und meinte: »Da es keinen weiteren Vorfall gab, hat sich das Interesse der Medien aus aller Welt rasch gelegt. Das Thema wurde nicht weiter aufgebauscht. Aber hier in der Umgebung ist die Erinnerung daran noch wach und mancher erzählt mit Angst und Schrecken davon.«
»Oje«, sagte ich bedrückt.
»Das wird schon wieder«, munterte sie mich auf und fügte hinzu:
»Das Ereignis wird sich ja nicht wiederholen. Wenn die Leute merken, dass nichts Vergleichbares mehr geschieht, werden sie irgendwann auch wieder ruhig schlafen.«
»Dein Wort in Gottes Ohr«, sagte ich leise.
»Natürlich kann ich leicht reden. Ich kenne ja die Hintergründe. Aber es ist niemand körperlich zu Schaden gekommen und weder die Forscher noch die Polizei konnten irgendwelche Spuren finden und verfolgen. Deshalb ist sich auch niemand hundertprozentig sicher, um *was* es sich bei dieser Erscheinung genau gehandelt hat. Für die Betroffenen war es ein Mordsschreck, und sie werden sicher auch ihr Lebtag daran denken, aber täglich prasseln neue

Meldungen über schlimme Unglücke und alle möglichen Vorfälle auf die Leute ein oder es treffen sie persönliche Schicksalsschläge. Über alldem wird dieses Ereignis immer weiter in den Hintergrund rücken.«

Nur halb beruhigt gab ich mich mit dieser Aussage zufrieden. Mir blieb wohl wirklich nichts anderes übrig, als abzuwarten und den Menschen Zeit zu lassen, das Erlebte zu verarbeiten.

Wir verbrachten noch einen ausgelassenen Nachmittag bei meiner Familie und sprachen über zig andere Themen. Gegen Abend kehrten wir zurück in die übernatürliche Welt und versuchten nach der aufregenden Zeit wieder in den Alltag zurückzufinden ...

# 26. Kapitel

Ein paar Monate später

Liebes Tagebuch,
die Aufregung über die Vorfälle des vergangenen halben Jahres hat sich gelegt und endlich ist Ruhe eingekehrt, sowohl in der Menschenwelt als auch in der übernatürlichen Welt. Dich interessiert bestimmt, was die anderen Beteiligten nach dieser Zeit so machen, oder? Ich beginne mit Silas ...

Die Waldbewohner sind nach wie vor alle (Lorenzo und Mila eingeschlossen) nicht erfreut darüber, dass Silas wieder unter ihnen lebt, aber sie akzeptieren seine Rückkehr mittlerweile. Er lebt eher zurückgezogen und ich bin ihm seit damals nur ein Mal über den Weg geflogen, und das war es auch schon.

Zu Mila. Sie steckt ihre volle Energie in die Bewirtschaftung des Feengartens und will von der Liebe erst einmal nichts mehr wissen, was ihr wirklich niemand verübeln kann.

Cleopha hat eine Federschule gegründet. Sie fand, dass es an der Zeit dafür war. Schulen für Zauberei gibt es schließlich auch. Ich habe sie bei ihrem Vorhaben mit ein paar Hexereien tatkräftig unterstützt.

Zu Lorenzo. Er freut sich, dass in sein Königreich wieder Frieden eingekehrt ist und noch mehr, dass wir wieder mehr Zeit miteinander verbringen können.

Und zu guter Letzt zu mir: Es hat eine Weile gedauert, bis sich meine Gedanken nicht mehr ständig um das gestörte Gleichgewicht der Welten drehten. Doch schließlich vertraute ich darauf, dass Rubina es schaffen würde, die Harmonie wiederherzustellen. Trotzdem würde ich wahnsinnig gerne wissen, wer oder was sie ist und warum der Walchensee ein so spezieller Ort für *die Übernatürlichen ist. Doch das werde ich möglicherweise nie erfahren.*

*Erinnerst du dich noch daran, dass Lorenzo mir nach unserer Hochzeit seine Welt gezeigt hat? Nun werde ich ihm mittels des Visionszaubers meine zeigen. Zwar funktioniert dieser Zauber jeweils nur für eine kurze Zeitspanne, aber für Stippvisiten an den schönsten Orten der von Menschen gestalteten Welt reicht es aus. Wir wollen somit quasi unsere Flitterwochen nachholen.*

*Ich bin gespannt, welche Überraschungen die Zukunft noch für mich bereithält.*

*Deine Helena*

## 27. Kapitel

Mein Name ist Andreas M. Ich bin einunddreißig Jahre alt und als Journalist beim Söcheringer Tagblatt tätig. Meine Berichte beschränkten sich bisher auf Berichte von Dorffesten, Terminankündigungen, Einsätze der freiwilligen Feuerwehr, Verabschiedungen langjähriger Kindergartenmitarbeiter und manch anderes, was die Söcheringer sonst noch so bewegt und interessiert. – Bisher. Bisher war ich damit auch völlig zufrieden. Doch seit Erscheinen meines Artikels über das Spektakel am Herzogstand ist alles anders. Mich hat dieser Fall nicht mehr losgelassen. Dass es in der heutigen technisierten Zeit von dem Vorfall kein Foto geben sollte, konnte ich einfach nicht glauben. Und vor allem: Ich wollte wissen, wer oder was sich an diesem Tag unter die Menschheit gemischt hat. Zu einem war es die Angst, die mich antrieb. Hier, im Landkreis, war es bisher die größte Sorge der Menschen, dass sich Wölfe langfristig in unserer Region ansiedeln könnten. Niemals dachte auch nur jemand im Traum daran, dass eines Tages Übernatürliche mitten unter uns ihr Unwesen treiben würden. Zum anderen trieb mich auch ein neues, mir bisher unbekanntes Gefühl an. Ich empfand den Drang, einmal im Leben etwas zu schreiben, das niemand mehr vergisst. Etwas, was in Erinnerung bleibt und über das die Welt spricht. Und so habe ich mit einer intensiven Recherche begonnen. Nach wie vor war ich überzeugt, dass es eine Verbindung des Vorfalls zur »Vampirischen Region« gibt, deshalb habe ich alles Material, was darüber zu finden war, eingehend studiert. Nächtelang habe ich Bücher, Artikel und Dokumente gelesen, die zu diesem Thema veröffentlicht wurden. Doch das reichte mir nicht. Ich brauchte mehr und detailliertere Informationen. Deshalb wagte ich es und reiste erstmals in dieses sagenumwobene, mystische Gebiet – die »Vampirische Region«. Ich rief einen ehemaligen Dorfbewohner an. Leopold von Bayersberg. Er wuchs hier auf, wanderte später aus und eröffnete gemeinsam mit seiner Frau Sophia vor Jahren dort ein Hotel. Dort checkte ich letztendlich auch ein. Ich habe mich gefreut in Leopold einen alten Bekannten zu treffen und gleichzeitig quasi mit einem Augenzeugen vor Ort zu sprechen. Jedoch stieß ich auf keine neuen interessanten Informationen. Doch dann kam alles anders, denn nach dem Fehlschlag meiner kleinen Expedition konzentrierte ich mich wieder auf den besagten Tag am Herzogstand. Und mir wurde vor Glückseligkeit beinahe schwindelig, als ich durch Zufall das fand, was ich brauchte. Ein Foto. Es war eine Drohnenaufnahme. Bisher wurden noch niemals Bilder auch nur eines einzigen Übernatürlichen veröffentlicht. Was auch immer sich in diesem mystischen Wald verbirgt – abgesehen von den Wissenschaftlern und wenigen Auserwählten hat es kein anderes menschliches Auge je erblickt. Doch das würde sich schon bald ändern! Ich zoomte die Mitte des Bildes, mit pochendem Herzen, näher heran und mir blieb beinahe der Atem weg, als ich sah, um *was* es sich bei der übernatürlichen Erscheinung handelte. Zum einen stand dort ein männliches Wesen auf dem Berggipfel, jedoch fesselte mich sofort seine Begleiterin. Ein junges Mädchen stand mit dem Rücken zu den Umstehenden, wandte aber mit erschrockenem Blick ihr Gesicht halb zum Himmel. Es war das Mädchen, dessen Gesicht und Namen niemand vergessen hat. Die Welt nicht und schon gar nicht Söchering. Ich war mir hundertprozentig sicher, dass es sich um die verschollene Helena von Bayersberg handelte.

Das wird der Artikel Jahres, wenn nicht gar des Jahrtausends!

**Fragen und Hintergrundinformationen zur Reihe »Die magische Feder«**

Beide Bände der Reihe »Die magische Feder« beginnen mit Szenen, die in Bayern angesiedelt sind. Warum eigentlich?
*Mir kommen die Ideen meist erst beim Schreiben selbst, weshalb es mir oft schwerfällt, den Einstieg in die Geschichte zu finden. Von anderen Autoren hörte ich auf einer Lesung mal den Rat, man solle über etwas schreiben, »das man kennt«. Und siehe da: Es funktionierte bei mir. So kam es, dass beide Geschichten in meinem Heimatdorf Untersöchering beginnen ...*

Für einige Romanfiguren – ob Menschen oder übernatürliche Wesen – gibt es Vorbilder im »echten« Leben. (Sie sind alle darüber informiert und damit einverstanden.) Um welche Figuren handelt es sich denn?
*Der erste Band der Reihe »Die magische Feder« ist unter anderem meinem Großvater Lorenz († 2009) gewidmet. Ihm zu Ehren trägt der Protagonist, Prinz (bzw. König) Lorenzo, seinen Namen. Allerdings in der italienischen Variante. Ruhe in Frieden, lieber Opa. Ich hoffe, dass ich dir diese Geschichte einmal erzählen kann ... ☺*
*Auch für Alfio aus dem ersten Band gibt es ein Vorbild. Er arbeitet in der Konditorei von Onkel Leopolds Hotel in der »Vampirischen Region«. Im »echten« Leben ist Alfio mein Freund und in einer ganz anderen Branche tätig ... ☺ Lieber Alfio, ich schätze es sehr, dass du dich stets als Testleser meiner erfundenen Geschichten anbietest, obwohl die Bücherwelt so gar nicht die deine ist. Danke dafür und für noch viel mehr! ☺*
*Irmgard. Sie ist eine der beiden besten Freundinnen Helenas. In der Realität verhält es sich ähnlich. Liebe Irmgard, ich könnte mir keine bessere Freundin als dich vorstellen! Ob es die Begleitung*

*auf Lesungen ist, das Probelesen von Kapiteln oder das Beraten über Schicksale von Romanfiguren – auf deine Unterstützung und Ratschläge kann ich mich immer verlassen. Dafür kann ich dir nicht oft genug danken. Also auch auf diesem Weg noch einmal: DANKE!* ☺

*Felix. Felix ist Helenas jüngerer Bruder. Mein zweitjüngster Bruder heißt auch Felix. Wobei – so klein ist der gar nicht mehr. Im Gegensatz zu Helenas Bruder spielt er nicht mehr im Sandkasten. Er wird im Dezember 2018 volljährig und hat eine Ausbildung in seinem Traumberuf, als Polizist, begonnen.*

*Georg. Georg ist Helenas Papa, der ebenso wie sie die Gründerblutlinie in sich trägt, jedoch in der Menschenwelt lebt und ein bescheidendes, zufriedenes Leben auf dem Land führt. Mein Papa heißt auch Georg, ebenso der älteste meiner drei Brüder. Deshalb habe ich mit der Namensgebung dieser Figur quasi gleich zwei Fliegen mit einer Klappe geschlagen.* ☺

*Barbara, die Mama von Helena, trägt zwar einen anderen Namen als meine, charakterlich haben sie aber durchaus ähnliche Züge ...* ☺

*Elisa. Im ersten Band gibt es eine Reiseleiterin namens Elisa. Wie sich im Verlauf der Handlung herausstellt, ist sie keine gewöhnliche Angestellte, sondern ein Wesen aus der übernatürlichen Welt. Genauer, eine Komplizin von Silas. Meine Tante heißt Elisabeth. Ihren Namen habe ich ein bisschen abgewandelt.*

*Andi. Da mein jüngster Bruder Andi im ersten Band nicht vorkam, habe ich ihm versprochen, dass er in der Fortsetzung eine »Rolle« bekommt. Er »spielt« den bayerischen Journalisten Andreas M. Ich habe ihm sogar eine eigene Zeitung dazuerfunden: das Söcheringer Tagblatt.*

*Aleksandra, die polnische Pflegekraft. Obwohl es in der Nachbarschaft tatsächlich eine polnische Pflegekraft gibt, gibt es zu ihr keine Parallelen.* ☺

*Weitere in den Büchern vorkommende lebende oder verstorbene Personen/übernatürliche Wesen sowie die Handlung sind frei erfunden. Sollten etwaige Ähnlichkeiten auftreten, sind sie rein zufällig.*

Und woraus leitet sich der Name »Villa Anna« ab? (Orts- und Hotelname in der »Vampirischen Region«)
*Den hat Alfio erfunden. Mit typisch bayerischen Ortsnamen kenne ich mich aus, mit italienischen allerdings weniger. Deshalb habe ich Alfio gefragt, da seine familiären Wurzeln in Sizilien liegen. Er meinte, dass der Namensbestandteil »Villa« oft vorkommt, und den zweiten Bestandteil »Anna« hat er (meinetwegen) dazugedichtet.* ☺

Wo wäre die »Vampirische Region« anzusiedeln, wenn man sie auf der italienischen Landkarte einzeichnen müsste?
*Etwa in der Mitte des berühmten Stiefels.*

Warum befindet sich die »Vampirische Region« ausgerechnet in Italien?
*Wie viele, die mich kennen, wissen, habe ich meine erste eigene Geschichte erfunden, als mein Lesestoff im Italienurlaub mit Oma und Opa aufgebraucht war. Deshalb wollte ich das Land unbedingt einbauen. Abgesehen davon verbringe ich nach wie vor gerne in Italien meine Urlaube und liebe das italienische Essen.* ☺

Gibt es Situationen im Buch/in den Büchern, die an Geschehnisse in der Realität erinnern?
*Es gibt durchaus die eine oder andere Parallele. Eine davon ist diese: Im ersten Kapitel von Band 1, als sich Helena von ihrer Familie verabschiedet, muss sie anhand einer Schatzkarte ihr*

*Abschiedsgeschenk suchen. Ihr kleiner Bruder Felix und ihre Schwester Kathi haben sie entworfen und das Andenken im Sandkasten vergraben. In meinem »echten« Leben hat sich das wie folgt abgespielt: Es war der Morgen meines achtzehnten Geburtstages (2011). Ich hatte es sehr eilig und mein Bruder Andi, der damals sechs Jahre alt war, gab mir, kurz bevor ich zur Arbeit fahren musste, eine eigens entworfene Schatzkarte, die ich entschlüsseln musste. Sie führte mich zunächst ins Bad, danach in den Keller, später in die Küche, weiter in den ersten Stock und schließlich in den Garten. Genauer gesagt in den Sandkasten. Dort hatte er mein Geburtstagsgeschenk vergraben. Mir ging es ähnlich wie Helena. Als es mir eine gefühlte Ewigkeit (mit dem Zeitdruck, pünktlich zur Arbeit zu erscheinen, im Nacken) nicht gelang, die Karte zu entschlüsseln, war ich, zugegeben, zeitweise ein wenig ungeduldig, doch am Ende ziemlich beeindruckt von seiner Idee.* ☺

Wo wir gerade bei »Kathi« sind ...
*Witzigerweise verbinden viele Helenas Leben mit meinem. So kommt es bei Gesprächen über meine Geschichten schon mal vor, dass mein Gegenüber statt Helena »du« sagt. Zum Beispiel: »Als du bei dir auf dem Balkon standest, konnte ich mir genau vorstellen, wie das dort aussieht.« Viele sehen in Helenas Familie auch meine. Möglicherweise liegt das an dem »bayerischen Anfang« der Geschichten, jedenfalls kam es zu folgendem lustigen Szenario: Ein Nachbar, der seit über dreißig Jahren kein Buch mehr gelesen hat, hat sich »Die magische Feder« gekauft. Nach dem ersten Kapitel sprach er meine Mama an, ob sie ein uneheliches Kind hätte, weil ihm »diese Kathi« nichts sagen würde. Nein – ich habe wirklich keine geheim gehaltene Schwester, diese Figur ist tatsächlich frei erfunden.* ☺

Ist eine Fortsetzung geplant?
*Ja, es wird noch einen dritten Teil geben und ich würde mich*

*freuen, wenn die Leser Freude daran haben, Helenas Geschichte weiterzuverfolgen ...* ☺

Zum Abschluss ...

Ich freue mich immer über Rückmeldungen zu meinen Büchern. Kontaktiere mich gerne und schreib mir, wie dir »Die magische Feder« (Band 1) und/oder »Die Reise zum ewigen Moor« (Band 2) gefallen haben. Auch »öffentliche« Meinungsäußerungen (zum Beispiel in Form von Rezensionen in verschiedenen Medien) zu den Büchern sind unglaublich wichtig. Wenn du Zeit und Lust hast, eine Bewertung zu verfassen, würde ich mich wahnsinnig darüber freuen! ☺

**»Die magische Feder« (Band 1)**

Die 17-jährige Helena liebt Fantasy- und Vampirgeschichten. Da trifft es sich gut, dass ihr Onkel Leopold ausgerechnet ein Hotel in der »Vampirischen Region« betreibt. Als während ihres Ferienjobs dort im Wald hinter dem Hotel rätselhafte Dinge passieren, beginnt Helenas Abenteuer. Eine magische Feder erscheint und übermittelt ihr wie von Zauberhand dirigiert eine Botschaft. Ein Hilferuf, der direkt aus dem geheimnisvollen Wald zu kommen scheint ...

ANNA MATHEIS ist 1993 geboren. Sie lebt mit ihren drei jüngeren Brüdern, Eltern, Partner, Kater und Kühen in einem Dorf südlich von München. 2014 hat sie eine Ausbildung zur Erzieherin an einer Fachakademie für Sozialpädagogik erfolgreich abgeschlossen. Neben der Schule und später dem Beruf hat sie schon immer gerne geschrieben. Begonnen hat sie mit ausführlichen Tagebuchberichten und schließlich die erste eigene Geschichte erfunden, als ihr Lesestoff im Italienurlaub mit den Großeltern aufgebraucht war. Ihr Debütroman »Die magische Feder« ist 2018 erschienen.